# 新戦艦〈大和〉

## 発進編

林 譲治

μNOVEL
ミューノベル

毎日新聞出版

本書は書き下ろしです。

軍極秘

# 目次



海軍省

イラスト／鈴木雅久

# 新戦艦〈大和〉
## 発進編

艦政本部

# プロローグ

# 駆逐艦〈朝潮〉

海軍

機密半紙十三行罫紙

昭和一二年一二月一〇日。同年七月の盧溝橋《ろこうきょう》事件は、地域紛争という政府や陸軍の見解とは裏腹に、一向に収まる気配を見せなかった。

日中和平交渉――いわゆるトラウトマン工作も進められていたが、その一方で陸軍による南京《なんきん》攻略も始まっていた。交渉の前提となる『現状』が、日々変化する――それが、この年の師走《しわす》である。

だが多くの日本人は、軍人も含めて、事態をまだ楽観していた。地域紛争は、地域紛争に過ぎないのだ、と。

それよりも、この一二月一〇日に、広島《ひろしま》・呉《くれ》の軍港に集まっている人間たちには、現下の日華事変《にっかじへん》よりも、将来の対米戦の方が重要だった。だからこそ、彼らはその海上公試――すなわち艦船の最終試験に対して、いつにない注意を向けていた。

軍令部第一部第一課の出雲《いずも》中佐は、関係者として公試準備の緊張した空気を感じていた。

実弾を装塡《そうてん》したベルグマン短機関銃を握る陸戦隊員が周囲を警戒する中、軍令部の人間でさえ、身元確認は厳重だった。そして関係者の数は、いつも以上に多かった。

軍令部、海軍省、艦政本部、さらに砲術学校や機関学校の関係者の姿も見えた。

おかげで、目の前に公試前の駆逐艦〈朝潮《あさしお》〉が接舷《せつげん》しているにも拘わらず、関係者は乗艦前の受付で団子《だんご》になっていた。

「早いですね」

出雲中佐に後ろから声をかけてきたのは、海軍省兵備局第一課の猪名《いな》少佐だった。彼は少し前まで、軍令部で出雲の後輩として働いていた男だ。

その時の働きと見識から、兵備局へと異動となった。これには軍令部と海軍省の連絡を密にするという含みもある。

「あぁ、昨夜から呉入りして、宿から直接来た。猪名も同じだろ?」

「いえ、私は夜行を乗り継いで、今朝着いたところです」

「相変わらず、仕事の虫だな」

「いえ、要領が悪いだけです」

相変わらずだと、出雲は思う。温和で人に楯突《たてつ》くなど考えられないようなこの男が、いざとなると、部課長を前に一歩も引かないのだ。

少なくとも、彼を納得させるだけの論拠なり、方針を示さない限り。自説に固執《こしつ》する男ではない。だが、妥協のための妥協は一切しない。

海軍省中央部《赤レンガ》内でも、猪名を嫌う海軍将校は、いないでもない。だが、支持者も多い。そして彼を嫌う人間も、猪名なら大事な仕事を任せられると思っている。

だから出雲中佐は、猪名を支持する人間よりも、嫌っても仕事を任せる人間を実は尊敬していた。

そういう度量の大きな人間がいる限り、大日本帝国海軍は大丈夫だ、と。

「今日の試験ですか、速力試験が気がかりですな。四〇ノットは無理かもしれん」

駆逐艦〈朝潮〉の艤装《ぎそう》委員長で初代駆逐艦長でもある寺町《てらまち》中佐は、出雲中佐と猪名少佐にそう言い放った。

「それは、何か機関に問題でも?」

出雲中佐が口を開く前に、猪名少佐が真剣な眼差しで質《ただ》す。だが寺町中佐は少しも動じない。

「公試前に問題があれば、自分の責任で対処しますよ」

「では、何が?」

「皆さんですよ。駆逐艦の公試に、どれだけの関係者が乗り込んでいるんです。こんなに人間がいたら、重くて四〇ノットも出せませんよ」

「そこで踏ん張るのが、海軍駆逐艦ではないですか？」

猪名少佐が寺町艤装委員長の冗談に固まっている間に、出雲はそれを冗談で流す。

猪名が冗談の分からない男というより、寺町の冗談が分かりにくいのが問題だと、出雲は思っていた。

実際、海軍将校の親睦・研究団体である水交社《すいこうしゃ》で、何度か寺町の冗談が原因で喧嘩沙汰《けんかざた》になったこともあるらしい。

海軍兵学校の卒業席次《ハンモックナンバー》と功績からいえば、疾《と》うに大佐《だいさ》に昇進して然《しか》るべきなのに、いまだ古参《こさん》の中佐というのは、その辺に理由があるという。

とはいえ、できる男ゆえに、海軍も彼を遊ばせたりはしない。重要な場面では、寺町の名前はよくあがる。

だから出雲は、寺町が昇進しないのは、海軍が彼を現場で便利に使いたいからではないかと疑ってもいた。

実際、外洋に出て、公試が始まると、寺町中佐の口から冗談が出ることはなくなった。

決められた手順で、公試科目がテストされていく。公試海域にはすでに哨戒艇《しょうかいてい》がでて、商船などが接近しないよう警戒を強めていた。それだけでなく、頭上には飛行艇さえ飛んでいる。

すべては機密保持の一環だ。それは公試前の建造時から始まっていた。

駆逐艦〈朝潮〉は昭和九年度予算で建造が決められた、甲型《こうがた》駆逐艦朝潮型の一番艦だが、『機関部の問題』により竣工《しゅんこう》が遅れたことになっていた。

実際、朝潮型二番艦の〈大潮《おおしお》〉や三番艦の〈満潮《みちしお》〉は、すでに公試を終えて就役《しゅうえき》している。だが〈朝潮〉の就役の遅れは、最初から予定されていたものだった。

いわゆる朝潮型駆逐艦の真の一番艦は、二番艦とされる〈大潮〉であり、〈朝潮〉ではない。駆逐艦〈朝潮〉は、艦名とは異なり、朝潮型によく似た別の駆逐艦であった。

だから海軍省や軍令部の話し合いにより、朝潮型駆逐艦は一三隻建造される。二番艦から一三番艦までの一二隻で水雷《すいらい》戦隊などの部隊編成が行われる。

そして駆逐艦〈朝潮〉は、同型艦のない駆逐艦として、部隊編成が行われる予定だった。当面は、航空戦隊で航空母艦と組むことが決まっていた。その先は未定だ。すべては機密保持のためである。

試験項目は、順調に消化され、機関部の試験が行われることが、スピーカーより艦内に通知される。

すると艤装員以外の海軍関係者は、ぞろぞろと甲《かん》板《ぱん》に集まりだした。

彼らは艦首部で駆逐艦の速力を体感しようという人間と、艦尾部で機関の動きを見ようという二つのグループに分かれていた。

出雲と猪名は、艦尾グループだった。

「二番艦、三番艦の最高速力はいくらか知っているか？」

「三五ノットです」

猪名は出雲の質問に即答した。

「まぁ、甲型駆逐艦としては、満足がいく性能だな」

「とも限りません」

猪名少佐は、やや周囲を気にするかのように声を潜めた。あぁ、こいつも周囲に目配りする程度に大人になったのか、と出雲中佐は驚きもし、やや寂しくも感じた。

この男だけは、名前のように猪《いのしし》の如《ごと》く猪突猛進《ちょとつもうしん》であってほしいと思っていたからだ。とはいえ、それは自分の勝手な思い込みに過ぎないことも、出雲中佐は分かっていた。

「とも限らないとは、何か問題でもあるのか？」

「航続力です。一八ノットで四〇〇〇浬《かいり》のはずが、実際には五〇〇〇浬を超えました」

「それの、どこが問題だ？　五〇〇〇浬で設計して、四〇〇〇浬しかなかったのなら問題だろうが、逆なのだろ？」

「四〇〇〇浬で設計して四二〇〇浬の航続力でしたとでもいうなら、問題もないでしょうが、設計値と実測値が一〇〇〇浬以上も食い違うのは問題です。

それだけ食い違うというのは、燃料が過剰《かじょう》に積まれているということですし、設計手法が未熟ということです。

言い換えれば、朝潮型はもっと小さく、安く建造できたはず」

「もっと小さく、安くか」

出雲中佐には、やっと猪名が何を問題としているかが分かった。軍令部作戦課の人間としては、航続力が長いのは、無条件で歓迎だ。

だが海軍省兵備局の立場では、また見方が違う。今より小さく建造できるといっても、せいぜい数十トン小さくなる程度だ。

だが同じことをより大型の戦艦に当てはめると、その差は一〇〇〇トン、二〇〇〇トン——つまり駆逐艦一隻分の誤差になるだろう。それだけで一〇〇〇万円近い建造費の違いになるのだ。

「四隻で、一個駆逐隊ができるな」

そう口にしてみると、猪名が指摘した問題の大きさが分かる。

その間も駆逐艦〈朝潮〉は速力を上げていた。艦尾の海面はスクリューによりかき回され、白濁《はくだく》している。そして駆逐艦の後ろには、白い航跡が伸びていた。

スピーカーから、〈朝潮〉の速力が四〇・〇七ノットを記録したことが告げられると、機関科将校を中心に歓声が上がった。

「やったな」

出雲に向かって、猪名は喜びというより、安堵《あんど》の表情を浮かべていた。

「ええ、山一つ越しました」

「大きな山は、あと一つか」

出雲の言う、二つ目の大きな山は、公試三日目の試験項目の中にあった。厳重な警戒の中、この日は特に厳重な警戒が行われた。

なぜなら、駆逐艦の主砲の試験日であったためだ。この試験のために、空と哨戒艇から記録用の映画撮影が行われることになっていた。哨戒艇は発射の、飛行艇は上空から弾着を撮影する。

駆逐艦〈朝潮〉の主砲が設計どおりの弾道であれば、新型戦艦の主砲は予定どおりに製造準備に取りかかれる。

試験は連装砲塔の片側だけで行われる。近くで見ようとした出雲中佐は、猪名少佐に袖《そで》を引かれた。

「下がった方がいいですよ」

「どうしてだ？」

「従来の駆逐艦より砲口圧が強いらしいです。五インチ砲と高《たか》をくくっていると怪我《けが》をするそうですよ。嘘か本当か知りませんが、実験用の火砲で、近くに豚《ぶた》を置いたら、砲口圧で死んでいたそうです」

「嘘だろ。それが本当なら、砲戦になったら水雷科の連中は動けんぞ」

そうは言ったが、出雲中佐も指示された場所まで下がった。

スピーカーの警報とともに、主砲の仰角《ぎようかく》が定められ、射撃は行われた。豚が死ぬというのは、やはり嘘だと出雲はその衝撃波で感じた。

ただ、そんな戯《ざ》れ言《ごと》が出てもおかしくないだけの痛みを感じたのも事実だ。

「三年式五インチ砲って、最大射程いくらだった？」

轟音《ごうおん》のため、出雲は自分の声がよく聞こえなかった。

「一八・四キロのはずです」

　猪名も叫ぶように答えた。彼も自分の声がよく聞こえないのだろう。上空の飛行艇から弾着の一報が届いた頃には、耳も元に戻りつつあった。

　上空からの観測では、最大射程は二二キロ前後になるらしい。

「前は一八・四キロだったな」

「そうです」

「ざっと射程が一六パーセント伸びたのか。つまり……」

「〈長門《ながと》〉の主砲で考えれば、四〇キロを超えてますよ」

「きっちりゼロから設計したんじゃないのか？　それなら、もっといくだろう」

　さすがに猪名少佐も具体的な数字を口にするのは憚《はばか》られたのだろう。新戦艦の関係者が多いとはいえ、全員ではない。

　猪名は黙って、出雲中佐の前で片手を広げ、指五本を示す。

「化け物だな」

　出雲中佐は改めてそう思った。

# 一章　臨時機関調査委員会

「合戦《かっせん》やめ！」

砲術長の声が駆逐艦〈朝潮〉のスピーカーから響き渡る。駆逐艦の周辺を覆っていた火薬の煙は、すぐに後方に流れていったが、その茶褐色《ちゃかっしょく》の帯は、砲戦の激しさを示していた。

「錨頭《びょうとう》に問題はなさそうだが、タイミングが合わんな」

寺町駆逐艦長は、艦橋から遥か前方を飛行する飛行機の吹き流しを双眼鏡に捉えていた。

標的機である複葉機《ふくようき》には損傷はないように見えた。笑い事ではなく、対空戦闘訓練で撃墜《げきつい》される標的機も、たまにある。

もちろん射撃が下手《へた》だからだが、飛行中の標的機の速度計測は難しく、わずかな誤差が撃墜という悲劇につながるのだ。

かわいそうだが、将兵がどんなに誠心誠意、訓練に打ち込んでも、評価されるのは結果である。技量が低ければ、怠慢《たいまん》と言われてしまうのが軍隊だ。

なぜならば、これが実戦なら技量に劣る側が撃破されるからだ。気持ちより結果が大事――それが戦争だ。

「訓練に、まだ改善の余地があるということでしょうか？」

「さて、それだな」

寺町駆逐艦長は、傍《かたわ》らにいる山代《やましろ》砲術長に向き合う。

「砲術長は、今の射撃をどう見る？」

「どう……と、仰《おっしゃ》いますと？」

「なんでもいい、何を感じた？」

山代砲術長は、頭の切れる男だった。だから寺町駆逐艦長の質問が、訓練の感想の類《たぐい》でないことは、すぐに分かったらしい。

ただ、彼も駆逐艦長の質問の意図《いと》までは、測《はか》りかねているようだ。彼自身は訓練の問題と思っていた

わけで、それを否定され、戸惑っているのだろう。

「分かりません」

寺町が山代を信頼できるのは、ここだ。彼は、分からないことを分からないと言えるだけの決断ができる。

「今の対空射撃だが、錨頭は的確に標的を捉えていたが、砲弾が起爆するタイミングが遅い。それも、ただ遅いのではなく、標的との遅れは、ほぼ一定だ」

「技量ではなく、機械の問題ということですか?」

「砲術科が最善を尽くしているのに命中率が悪い、そして砲弾のずれに一定の法則性がある――となれば、砲の側の問題となる。火砲か、あるいは射撃盤か、その辺だ」

「ですが、先日の訓練では、かなり好成績をあげております」

「知っている。ただあれは、水平射撃の訓練だろう。洋上の標的を狙ったものだ。つまり、〈朝潮〉の射撃盤は水平射撃用であり、対空戦闘に用いるにはいまだ問題があるということだろう」

「改善されたものの、いまだ及ばずですか」

駆逐艦〈朝潮〉の主砲は、他の朝潮型が仰角五五度のC型砲塔なのに対して、七五度に向上したD型砲塔を装備していた。

航空戦隊配備の意味は、一つにはこれが理由だった。ただ仰角の改善だけがなされたわけではない。

仮称九七式一二・七センチ砲は、従来の三年式一二・七センチ砲にはなかった信管秒時発受器、上下錨頭調定装置などの装置の装備や射撃盤の改善がなされていた。

もっとも計算結果を信管に入力する信管秒時発受器はともかく、上下錨頭調定装置などは、計算尺《じゃく》の高級なもの程度の機構だった。射撃盤の改善にしても、水平射撃と対空射撃で切り替え、後者はやはり計算尺程度の装置である。

　訓練の結果は、そうした機器類に改善の余地があることを示していた。

「まぁ、それでも機器類の構造は比較的、単純です。改善は我々で対処できるはずです」

「頼む。ただ、改善は訓練の成績を上げることよりも、現在の問題点の原因を探ることを優先してほしい」

「原因究明ですか？」

「知ってるかもしれないが、海軍航空隊の新しい攻撃機は、全金属単葉《たんよう》だそうだ。速度も標的機のような複葉機よりはるかに高速だ。将来の戦場では、そうした高速の航空機と戦わねばならん」

「標的機よりも、高速機を視野に入れるということですね」

「そういうことだ」

　山代砲術長は、寺町駆逐艦長の話に納得し、尊敬さえしているようだ。それは嬉しいことだが、それだけに部下に対して隠し事のある駆逐艦長としては、後ろめたい気持ちも強くなる。

　昭和一三年一月末。駆逐艦〈朝潮〉は、第一航空戦隊に編入されることが正式に決まった。この航空戦隊は、空母〈蒼龍《そうりゅう》〉と〈龍驤《りゅうじょう》〉、それに睦月《むつき》型駆逐艦の第三〇駆逐隊で構成される。

　すでに以前から駆逐艦〈朝潮〉は航空戦隊に編入されると言われていた。それが正式に決まったのである。

　駆逐艦といえば、海軍の水雷《すいらい》戦力の中核であり、駆逐艦長も水雷科の人間が多い。海軍水雷学校で学ぶ将校も、駆逐艦や潜水艦の長となることを目指しているのが普通だった。

　特に朝潮型駆逐艦は、軍縮条約後の自由な設計の駆逐艦として設計されただけに、寺町中佐が駆逐艦長に就《つ》いたことに意外の念を持った将兵は多かった。

寺町中佐は、海軍内でも『できる男』と評されてはいたものの、専門は砲術であって、水雷ではない。

もちろん海軍将校であるからには、魚雷について無知ということはなく、常識程度のことは知っている。

それに駆逐艦長が知るべきは、細かい現場の魚雷の撃ち方ではない。雷撃戦を行う上での、効果的な作戦指導だ。だから砲術の専門家が駆逐艦長でも、不都合はないのだ。

とはいえ、やはり久々の大型駆逐艦の艦長なら水雷屋という下馬評《げばひょう》を覆《くつがえ》した人事なのは間違いなかった。

この人事の答えは、駆逐艦〈朝潮〉が新型戦艦建造のため、そこに投入されるいくつもの新機軸検証のための試験艦である点にある。

しかし、このことは新型戦艦の機密と関わり決して公《おおやけ》にはできないだけに、寺町駆逐艦長としても、そこは自分の胸にしまい込むよりほかはない。乗員たちの中で、それを知っているのは彼一人。

一国一城の主《あるじ》とは、孤独な存在だと海兵時代に耳にしたことがあったが、それはこういうことだったのかと、彼は今やっと、そのことを納得できた。

主砲に関する話など、まさにそうだ。駆逐艦長を除いて、乗員たちすべてが仮称九七式一二・七センチ砲を、『軍縮条約明けの甲型駆逐艦用新型砲』と信じて疑わない。

だが現実は、もうじきに起工されるか、すでに起工されたかした（さすがに寺町駆逐艦長も、そこまでのことは知らされていない）新型戦艦に用いる新型砲の理論検証のための火砲なのだ。

それが一二・七センチ砲なのは、開発予算や開発期間の関係らしい。もちろん戦艦用に試作品は製造されていて、その辺の事情までは兵備局時代に知っている。

簡単にいえば、先に新型砲の理論があり、その理論に基づいて戦艦の主砲を開発したのである。

そして、その理論の汎用性《はんようせい》を確認するために、一二・七センチ砲も開発されたという流れのようだ。

海軍が新型砲の理論に拘《こだわ》るのは、砲術屋の寺町には説明なしで理由は分かる。戦艦の主砲は、遠くに飛べばいいというものではない。命中しなければ話にならない。

だから、正確な弾道表が必要だ。仰角何度なら射程はいくら――それが分からなければ、照準もつけられない。新理論となれば、弾道表計算の計算手法も新しくなる。

複雑怪奇な弾道計算の数値積分を、どこまで簡略化できるか。そのための計算手法を割り出すために、一二・七センチクラスの小口径砲の実測データと理論値の比較が必要なのである。


ただ、山代砲術長が信じている『新型駆逐艦用の新型砲』という方便《ほうべん》も、実は嘘ではなかった。

寺町中佐自身は、あまり望ましくないと考えているのだが、日本海軍が何かを開発しようとすると『あれも、これも』と二兎《にと》を追いたがる。『予算の制約があるから、一度の機会を有効に使いたい』という気持ちは、彼も海軍省勤務の経験があるから理解できた。ただ、二兎を追って予算が節約できた例より、二兎を追ったがために予算が膨らんだ例の方が、実は多い。

仮称九七式一二・七センチ砲も同様のことが起きていた。

新戦艦とは別に、海軍は航空機の発達にともない、駆逐艦の対空戦闘能力の増強を考えていた。そのための火砲として、仮称九七式一二・七センチ砲はうってつけだった。

〈大潮〉以下の朝潮型がC型砲塔なのに、〈朝潮〉

だけがD型砲塔なのは、そのためだ。上手《うま》くいけば、朝潮型の後期生産型から砲塔はD型になる。

そして駆逐艦〈朝潮〉が航空戦隊に編入されたのも、対空戦闘能力を期待してのことだ。

艦政本部としては、D型砲塔も完成した設計ではないらしい。駆逐艦〈朝潮〉の運用経験を入れて、完成した砲塔にして、後期生産型から新設計のD型砲塔を採用するのだという。

ただ、二兎を追うのが嫌いな寺町駆逐艦長だが、仮称九七式一二・七センチ砲に関しては当たりの予感があった。

射撃盤の精度に問題があるにせよ、それを改善すれば、こいつは画期的《かっきてき》な火砲になる。水平射撃でも対空射撃でも、どちらでも通用する優秀な火砲に。

だが、そこまでに向かう道は、やはり平坦《へいたん》ではなかった。


陸軍と言わず、海軍と言わず、軍隊でもっとも時間を食う仕事は何か？　それは会議と書類作成である。

軍隊組織は命令で動き、その命令は文書で流れる。そう、軍の命令とは文書の形をした存在なのだ。

それは駆逐艦〈朝潮〉も例外ではなく、訓練の報告も文書作成の形を取る。

寺町駆逐艦長は、山代砲術長を呼び、先日の訓練の報告書を前に、提出する書類の文面について相談していた。

「長時間の対空戦闘では、発射速度が顕著《けんちょ》に低下するのか……」

書類作成は、砲術科が提出したメモ書きを主計科が清書していた。主計だけに数表も綺麗に整理されていたが、見た目が綺麗でも出てくる結論は憂慮《ゆうりょ》すべきものだ。

「砲弾重量が三年式より二割弱、重くなってます。

重さとしては四キロ程度の差に過ぎませんが、毎分何十発も発射するとなると、馬鹿にはできません。

これが戦艦・巡洋艦なら人力で扱えないのは明らかなので問題にはなりませんが、幸か不幸か駆逐艦は人力装塡《そうてん》で扱える重量ですので」

「つまり、機械装塡にしろということだな。水平も対空も」

「それが望ましいでしょう。信管秒時発受器の諸元《しょげん》も自動で設定できます。それだけ命中率も向上する」

「それはそうだがな」

寺町駆逐艦長は嘆息《たんそく》する。艦長職に就いて以来、自分で驚くほど冗談を言わなくなった。冗談を言うにも精神の余裕が必要だと、今さらながら思う。

駆逐艦〈朝潮〉はD型砲塔装備となっているが、これも正式ではない。C型を改造して、次期砲塔の雛型《ひながた》を作ったようなものだ。

艦政本部の意図としては、駆逐艦〈朝潮〉の運用結果を見て、設計を固めたいらしい。つまり艦政本部としては、現状の設計から大きな修正は必要ないと考えていることになる。

だが寺町中佐らの意見は、そうしたものとはまったく違った。砲弾は自動装塡装置か、それに準じる機構が必要。射撃盤も、水平と対空の両方が必要だ。信管の設定も自動で行わねばならない。

「八九式一二・七センチ高角砲みたいなものですね」

「まぁ、この主砲をもちいるなら、あれより高性能なのは確かだな。航空機の急激な発達を考えれば、新型の高角砲開発が行われても悪くはあるまい。八九式が実現できたのだから、この改良も海軍の技術で可能なはずだ」

寺町駆逐艦長は、これは海軍にとって必要なことだとの確信がある。現状では日本海軍駆逐艦の対空戦闘能力は、ないに等しい。

主砲が水平射撃しかできないなら、対空戦闘は機銃頼みになってしまう。巡洋艦以上の軍艦なら高角砲も載せられようが、駆逐艦にはそれは無理だ。

むしろ駆逐艦の主砲が対空戦闘に耐えられるなら、艦隊防空は鉄壁《てっぺき》となる。何より仮称九七式一二・七センチ砲の性能をもってすれば、その対空戦闘力は高角砲以上のものが期待できる。

ただ、そうはいうものの、寺町駆逐艦長も半分は提案が通るかどうか自信がない。小規模な部分改良なら、艦政本部の分限で処理できようが、彼らの提案は、ほぼ新砲塔の開発に等しい。

しかも射撃盤の改造も必要となれば、開発費も膨らみ、海軍省・軍令部との話し合いも必要になる。話はどうしても大袈裟《おおげさ》になるが、それだけ実現性は乏《とぼ》しくなる。

しかし、山代砲術長には明かせないが、彼には勝算があった。『駆逐艦の対空戦闘力を向上させる』では通らないかもしれない案件も、攻める方向次第では実現性は高くなるのだ。

寺町駆逐艦長は、手紙か電話か迷った末に、現時点では文書には残らない電話でそれを相談することに決め、翌日の午前、赤レンガに電話を入れた。


寺町駆逐艦長に電報が届いたのは、金曜の夜だった。至急電報《ウナでん》で届いたそれは、差出人と広島への到着時刻しか記されていなかった。

呉ではなく広島という点に、若干《じゃっかん》の不自然さを覚えないわけではなかったが、案件が案件なので、それもあり得るだろうと彼は考えた。

そして家人《かじん》には、翌日は帰宅が遅いことと、場合によっては客人を泊めるかもしれないことを伝えた。

電報の不自然さは、広島駅でさらに深まった。東京《とうきょう》からの下《くだ》り電車をいくら探しても、該当《がいとう》する時刻に到着する列車はなかったのだ。

駅員に確認すると、それは上《のぼ》り列車であるという。九州《きゅうしゅう》から東京に向かう列車の広島駅への到着時刻だというのだ。

電話してから一週間と経過していない。九州というのは、おそらく佐世保《させぼ》あたりではないかと思うのだが、この数日の間に東京から佐世保、さらに広島と強行軍が続くことになる。

せっかくだから、拙宅《せったく》に泊まってもらおうと考えていた寺町だが、下手をすると、今日中に発《た》つことも考えられる。

念のため時刻表で、上り急行列車の時刻を調べ、手帳に記す。一分一秒が貴重な中で、寺町に会う時間を作ってくれたのなら、こちらも相手の時間を無《む》駄《だ》にはできない。

予定の列車は、ほぼ定刻どおりに広島駅に着き、下車する人波の中に、寺町は外套《がいとう》に背広姿の猪名少佐を認めた。

「広島には、何時までいられる?」

「月曜のうちには発ちたいと思ってます」

「月曜⁉　今日中に発つわけじゃないんだな」

「説明不足で申し訳ありません」

「いや、それはいいんだ。できれば家に泊まっていってもらうつもりだったからな」

寺町は最初は喜んだが、猪名の表情と、広島で二泊するという話に、嫌な予感がした。広島とは、要するに呉だ。海軍省兵備局の人間が佐世保や呉を飛び回るというのは、尋常な話ではない。尋常な話ではないが、厄介《やっかい》ごとが起きているという話は耳にしていない。あるいは新戦艦の話かとも思ったが、なら佐世保は何か?

普通なら水交社というところだが、海軍関係者が多いので、寺町は馴染《なじ》みの料理屋に席を用意していた。

旧交を温め、一息ついたところで、寺町から本題に入った。

「で、例の件はどうだ？」

「Ａ－140の高角砲に九七式五インチを用いるという話ですね。内々《ないない》に打診してますが、感触は悪くないですね。八九式より高性能で、対空戦闘力を向上できるとなると、設計変更は通りそうです」

「そうか」

Ａ－140とは、呉で建造が始まったらしい新戦艦の基本設計番号だ。新戦艦という呼称を出したくないので、この番号が使われることが多い。

『140』とは、日本海軍が研究した戦艦の番号である。新型戦艦は、一四〇番目に研究された基本設計ということだ。

その前に日本海軍が建造した長門型戦艦が基本計画番号一〇二であり、新戦艦の設計がまとまるまでに、四〇近い案が検討されたということだ。

そうした中には、〈長門〉を拡大したような保守的な設計から、四連装砲塔二基あるいは三連装砲塔二基に連装砲塔二基のような前例のないようなものまであった。

少なくない国家予算を投入するからには失敗は許されない。そういう観点では改長門型的設計になる。あるいは小型で予算を抑えるという観点では、四連装二基という案も登場する。

この小型という点は、単に建造予算の問題だけでなく、造修《ぞうしゅう》施設をどうするかという問題とも直結する。

日本国内で大型軍艦を建造できる施設は限られている。そうした施設を増やすとしても荷重に耐えられるよう土壌改良から着手しなければならず、さらに造機・造兵の工場も隣接できる土地がいる。

そういう条件に恵まれた土地は、日本国内でも限られていた。

　戦艦の定期的な造修に一定の時間が必要であることを考えるなら、呉海軍工廠《こうしょう》でしか建造できない巨艦では話にならないのだ。

　また新戦艦の排水量を抑え、砲火力を増強するという観点では、三連装二基、連装二基という設計もあり得た。

　実際、この案を支持する意見は多かった。ただ艦隊側からは、構造の異なる砲塔を搭載することには、運用面・教育面の点で難色が示されていた。

　このように、基本計画を一つに絞るだけでも多くの議論と検討が必要だった。ただ基本計画は、ある意味、関係諸機関の最大公約数であり、大枠《おおわく》を壊さない限り、新機軸をねじ込む余地はあった。

　寺町駆逐艦長が考えたのは、仮称九七式一二・七センチ砲を平射も対空戦闘もできる、いわゆる両用砲にするにあたって、駆逐艦の主砲ではなく、A－140の対空火器とするという攻め口だ。

　A－140の対空火器が駆逐艦の主砲にも転用できるなら、開発の可能性はかなり高くなる。駆逐艦の砲塔と互換性を持たせれば、海軍にとっても悪い話ではない。

　二兎を追う計画は寺町の好むところではないが、彼の主観では一兎しか追っていない。

「問題は、開発期間でしょう。ご存じのように、A－140はすでに起工が始まってます。工期を延ばしたくないというのが、関係者の正直な気持ちです」

「開発期間か……駄目かな」

「駄目なことはないと思います。工期が延びる可能性もありますし……」

「工期が延びる⁉　どうしてだ？　時局を考えれば、短縮されても伸びることはなさそうだが」

　その質問に、猪名少佐は暗い表情を見せた。

「実はここに来る前に、佐世保に行ってきました」

「それで?」

寺町中佐も、それを聞いて胃が締め付けられる気がした。佐世保に寄っただろうというのは予想していたが、それが当たっているということは、なんらかの問題が起きていることも当たったということだからだ。

「何か、深刻な問題か?」

「ええ」

「A－140に関することか?」

その質問をするのは、覚悟がいった。二人ともA－140については、広義の関係者であるが、海軍の最高機密に属することを話題にするのは、やはり抵抗がある。

「無関係とはいえません。その問題はA－140にも影響するというのが正しいでしょう」

「まるで、海軍全体に関わる問題のように聞こえるが……」

「そのとおりです」

猪名少佐が説明したのは、以下のようなことだった。

年末に、佐世保を母港とする朝潮型駆逐艦の二番艦(だが実質的な一番艦《ネームシップ》)である駆逐艦〈大潮〉の機関部を検査したところ、タービンに破損が見つかった。

すぐに僚艦《りょうかん》である駆逐艦〈満潮〉の機関部を調べたところ、同様の損傷がやはり認められた。幸いにも他の艦艇には、そうした損傷は見当たらなかったが、竣工《しゅんこう》したばかりの駆逐艦に、どうしてこのような損傷が生じたのか?

海軍は年が明けると臨時機関調査委員会を設置し、原因究明に当たったのだという。猪名少佐の出張も、それがらみのものだった。

「類似の機関は、すでに海軍でも新造艦に導入されています。ですから損傷の原因によっては、最悪、海軍艦艇の大半が動けないという事態になりかねません」

「原因の目星もついてないのか?」

「材料、設計、製造、破壊工作——考えられる限りの原因究明が進められています。ただ、お分かりと思いますが、調査は大っぴらにはできません」

「日本海軍の軍艦が動けないとなれば、抑止力に関わるな、確かに。それで呉の艦艇も調査するのか?」

「行いますが、主として駆逐艦〈朝潮〉の機関の調査が優先されます」

「おい、〈朝潮〉は従来とは異なる設計の高温高圧蒸気を使用しているんだぞ。二番艦以降とは設計が異なる。〈大潮〉や〈満潮〉で損傷が見つかったからといって、〈朝潮〉で見つかるとは限るまい」

「それはそのとおりですが、だからこそ確認する必要があるんです。構造が異なる機関で損傷が見られないなら、製造と材料は原因から除外できる。原因は設計に絞られる」

「〈朝潮〉にも損傷があれば、材料か製造に絞られ、設計は除外できるわけか」

「そういうことです」

「あまり浮かない顔だな」

「材料と製造の可能性が低いからです。材料は確かに新合金ですが、物性試験は行われてますし、弾性や脆性《ぜいせい》の問題が、今さら露呈《ろてい》するとは思えません。

製造にしても、歩留《ぶど》まりの悪さはあるとしても、基本的には確立した技術です。新機軸といえるのは、高温高圧罐《がま》と機関の設計のみです」

「設計に問題があるとしたら、どうなる?」

「海軍全体では一番傷が浅いといえます。既存艦には問題はなく、新造艦は従来の機関に戻せば済む。艦艇部隊が動けないという、最悪の事態は回避できます……が」

「が?」

「A－140の性能には、重大な影響を及ぼすでしょう。機関部の大きさは、高温高圧機関の採用を前提に設計されています。それがあるからA－140は、火力に比して小型に設計できた。砲塔もすべて載る。ですから、今さら容積は変えられない。それを行えば、すべて設計はやり直しです。竣工は早くても一年は遅れます。予算執行の問題を忘れるとしても』

「なら、どうなる？」

「機関部の容積はそのままで、既存の罐や機械を機関部に据《す》え付けることになります。

この場合、非公式の計算では最高速力は五ノット低下し、燃料搭載量が同じであれば、航続力は要求仕様に比較して一〇〇〇浬は短縮する。機関効率が低下するために」

「だとしても、長門型程度にはなるのではないか？」

「今さら〈長門〉を建造して、どうするんですか？それに米海軍の新型戦艦は三〇ノットはでるという、信頼すべき情報があります」

そう言う猪名少佐に、寺町中佐はふと、おかしくなった。

数年前、新型戦艦建造に関する議論の中で軍令部課員として『どういう根拠で高速性能を追求するのか？』と上司である出雲中佐に議論を吹っ掛けたのが、他ならぬ猪名少佐だ。

その後の議論のことは、寺町中佐も聞いてはいない。ただ、あの時の熱い論争を目《ま》の当たりにした人間としては、高速性能を当然とする猪名少佐の姿が面白く思えたのだ。

「高速性能が譲れないという根拠は？」

猪名少佐は、それがかつての論争の話題と悟ると、照れた表情を見せる。どうやら寺町の質問を洒落《しゃれ》の類と思ったようだ。

そんなつもりは寺町にはないのだが、これも普段から変な冗談を言ってきた、いわば税金のようなものか。

「それを言われると面目《めんぼく》ありません。ただ自分としては、高速性能を否定するのではなく、はっきりした哲学もなしに速力を向上させるような態度が気に入らなかったんです」

「君のは、哲学と言うより戦闘教義《ドクトリン》だろう。あの時は、私も君に糾弾《きゅうだん》されたっけな」

「別に、糾弾したつもりはありませんが。ただ、高速にして困るもんじゃなかろうという、あの時の発言は、無責任に思えました」

「今は？」

「寺町さんに哲学――いや、ドクトリンですか――それがあって、あの発言とは分かるんですが、正直、そのドクトリンが分かりません」

「そういえば君とは、こういう突っ込んだ話をしたことはなかったな。まぁ、A－140のことを表で議論するわけにもいかんが。


一言でいえば、ドクトリンは硬直化してはならんというのが、ドクトリンだ」

「ドクトリンのドクトリン？」

「それを説明するとややこしいから、速度性能の話にする。

敵艦の速力が二〇ノットしかなかったとしよう。それに対抗するなら、三ノット優速で優位に立てるから、こちらは二三ノットだせればいい。

しかしだ、相手が技術を向上させて、二三ノット出せるようになったとしたら、二三ノットの軍艦は、敵に優位ではなく、同等だ」

「敵の技術的進歩を見越して高速性能を求めるべきということですか？　いや、そういう話ではないですよね」

「鋭いな、そうだ。

敵の技術的進歩を見越すだけでは十分ではない。相手が速力の向上に重きを置かなければ――それより航続力を重視するとかな——二五ノットとか二六ノットは過剰性能になるかもしれない。

重要なのは、敵よりプラス三ノットなどという次元の議論ではなく、環境の変化にどう対応するのが我が海軍にとって望ましいか、ということだ。その視点がドクトリンのドクトリンだ」

「あぁ、分かる気がします。さっきの話だと、どうなるんです？」

「そうだな、こちらが二〇ノットのつもりで二三ノットの軍艦を建造したら、相手も二三ノットの軍艦を建造したとしよう。

同等の速力で、なおかつ相手に優位に立つ方法は、いくつもある。たとえば、こちらは近海で待ち伏せ、あちらには太平洋を渡らせるなら、戦場では相手の速力は二〇ノット程度まで低下しているだろう。

速力の問題は戦術運用で対応できる。その戦術運用は、国際環境や彼我《ひが》の戦力差で変わってくる。それはいいな？」

「はい」

「速力同等でも、戦術運用で優位に立てる。それは一つの真理だ。

だが、今の例でいえば、こちらから相手に向かって打って出ることはできない。こちらが相手の近海まで進出すれば、立場が逆転するからな。

軍艦の性能の差を戦術運用で補《おぎな》うことは可能だ。しかし、立案できる戦術運用の選択肢は狭くなる。

これが、こちらが三〇ノット出せるなら、こちらから相手の近海まで打って出ても速力で優位に立てる」

「つまり環境の変化に応じて、臨機応変に最適なドクトリンを実現するためには、軍艦の速力は高速が望ましい」

「それが、高速にしても困るもんじゃない、の意味さ。

で、A－140の速力低下を危惧《きぐ》する君は、どういうドクトリンから、それを嘆いておるのか？」

「理由の半分は、今、寺町さんが話されたようなことです。戦術的多様性の確保。残り半分は、戦争を短期間で終わらせるという前提です」

「ほぉ」

それは寺町中佐もはじめて耳にする話だ。もちろん彼個人としては、同様の結論は得ていたが、自分が赤レンガから離れている間の議論の深化には興味があった。

「今日のA－140で採用される新型機関ですが、これが成功した場合、A－140以降の軍艦は、すべてこの機関が使用されます。巡洋艦や空母などです。その場合、連合艦隊は高速機動部隊が編成できます。あるいはアメリカ西海岸から東京までを無補給で往復できる軍艦も可能でしょう。燃費の問題でもありますから。

後者が米艦隊を執拗に追尾、偵察し、前者が機動力をもってそれを漸減邀撃《ぜんげんようげき》する」

「漸減邀撃だけか？」

「軍令部の想定は漸減邀撃だけです。あくまでも短期決戦での想定ですから。

ただ、状況の変化が起きた場合、漸減邀撃を捨てても、他のドクトリンを構築できる性能的余力は生まれます」

「でも、現時点では漸減邀撃だけか」

「その点は、海軍だけでは決められないのではないでしょうか」

「難しいところだな」

寺町は昔のことを思い出す。昔といっても数年前だ。出雲や猪名と赤レンガに勤務していた時、海軍のあり方について議論していた。

議論は必ずしも嚙み合ってはいなかったが、少なくとも寺町にとっては、それは良い刺激になっていた。

　だがそれ以上に、こうした抽象的な問題に対して、ここまで真剣に議論する海軍軍人がいることが嬉しかった。

　海軍といえば、末端の海軍工廠の工員あたりまで入れれば、それこそ日本屈指の巨大組織だ。それだけに多くの人間がいて、人間の質も様々だ。海軍兵学校の成績が良かったのに、職に就《つ》くや一切の勉強をせず、残り人生をハンモックナンバーだけで渡っていこうとするような人間もいた。それも一人二人ではなかった。

　ただ寺町は、彼らの有り様は海軍軍人の鑑《かがみ》には決してならないとは思いつつも、彼らの生き方を全否定もできなかった。

　海兵に入学するのは簡単ではない。最近になって入学者を少し増やしたものの、近年まで募集人員は少なかった。

　だから都市部の裕福な家庭の子弟《してい》が、時には家庭教師までつけて、海軍兵学校（や陸軍士官学校）に挑むことも珍しくなかった。

　寺町の同期にも親が海軍高官で、子供も海兵というのが何人かいた。そこには家の経済力の差が、子供の人生を左右するという一面はあった。

　そういう寺町にしてからが、地方都市の材木屋の次男である。家督《かとく》を継ぐのが長男だから、次男の寺町には自活できるよう教育を受けさせてやる。それが親の考えだった。ちなみに三男である弟は陸士に入った。

　そういう状況の中で、貧しい家庭の子弟が立身《りっしん》出世《しゅっせ》のために、海兵に入学し、『海軍の高級官僚』になろうとすることを否定はできず、ある意味、必要なこととも思っていた。

　自分の才能を頼りに、海軍官衙《かんが》の官階を上っていく。それにより自分の親兄弟に豊かな生活をさせる。

露骨《ろこつ》な猟官《りょうかん》運動ぶりに寺町が眉を顰《しか》める海軍将校が、同時に実家に給与の大半を仕送りし、弟たちが中学や高校に進学できるように支援していたこともあった。

彼らの行動を、志《こころざし》が低いと断じるのは容易《たやす》い。実は一時期の寺町がそうだった。だが、その『志が低い』連中も、家族のことまで視野を広げると、別の構図が見えてくる。

ある意味、対米作戦はどうあるべきか、と私的に議論を交わしてきた猪名や出雲にしても、詳しくは知らないが、自分と似たり寄ったりの境遇らしい。

例えば出雲中佐の妹が女学校に通っていたと聞いたことがある。娘を女学校に通わさせられるだけの裕福な家が、彼の実家でもあるわけだ。

だから他の二人は知らないが、寺町は、自分たちが世間からは『お坊ちゃま』と呼ばれるような立場だからこそ、こんな抽象的な議論に熱中できるのではなかろうかという、そんな後ろめたい気持ちになることもあった。

さすがに、今この場での猪名少佐との議論では、そんな気持ちはなくなったが。

「戦争指導の話をここでしても仕方ありませんが、もしA－140の性能が要求仕様よりも低くなった場合、政治的宣伝《プロパガンダ》面でも選択肢が狭まります」

「プロパガンダ面……あぁ、あの話か。あれ、まだ結論が出ていないのか？」

「出ていません。出せないというのが正直なところです」

「まぁなぁ、プロパガンダをするも何も、A－140の性能が未定では無理か」

「まぁ、未定でも、やればできます。抑止力ということを考えれば。

ただ、プロパガンダと現実がほぼ同じなら問題にはなりませんが、現実の性能が著しく低かった場合、自分たちのプロパガンダで、相手方が有利になる。我が海軍の能力が過少に評価される」

「それで、あちらさんが海軍予算を縮小してくれればいいがな」

「そう都合よくはいかないでしょう。何より、それは主導権《イニシアチブ》を相手側に渡すことになります。それは、やはり望ましくないでしょう。戦力で劣勢だからこそ、日本がイニシアチブを握ることを考えねばなりません」

「日本がイニシアチブを握り続ける、か……。こりゃ、A－140より難問だな」

寺町中佐は数年前の会議のことを思い出していた。

艦政本部

二章

# 新型戦艦・検討

海軍

軍令部が、後に大和《やまと》型戦艦と呼ばれることになる新型戦艦についての研究を海軍艦政本部に依頼したのは、昭和九年一〇月のことであった。

すでに軍縮条約による制約はなくなることを前提に、戦艦の設計は自由に行えるはずであった。

しかし、日本が軍縮条約を批准《ひじゅん》した理由の一つは、国家予算が軍備で破綻《はたん》するのを回避《かいひ》するためでもあった。

大正から昭和にかけて日本の経済成長は目ざましいとはいえ、この時期の日本は深刻な不況の時代であり、予算の問題は、ある意味で軍縮条約以上に新型戦艦の設計に制約を課すこととなった。

この時、軍令部第一部首席部員の中沢《なかざわ》中佐が艦政本部に提示した条件は、理想と現実が混在したものであった。

『排水量三万五〇〇〇トンで、四五口径三年式四〇センチ砲以上の火砲を有する、最高速度三五ノットの軍艦』

排水量三万五〇〇〇トンとは、建造費を抑えようという現実主義によるものだった。建造費は排水量に比例し、竣工から廃艦までの運用経費は建造費に比例するのだ。

長門型戦艦の新造時の基準排水量が約三万三〇〇〇であるから、新型戦艦であっても、極端な排水量の増大は避《さ》けるという意思がそこにある。

一方、最高速力が三五ノットで、長門型戦艦の主砲である四五口径三年式四〇センチ砲より強力な火砲を有するというのは、軍令部の理想であった。

もちろん軍令部は、この要求がそのまま現実の戦艦になるなどとは考えていない。この要求を具体化する中で、すべての仕様が妥当《だとう》な値に収まっていく。

そうしたものが艦政本部技術会議でまとめられ、そこから上部機構の海軍高等技術会議で決済されるのだ。

軍令部の要求の中で、もっとも議論を呼んだのは『四五口径三年式四〇センチ砲より強力な火砲』の部分であった。

そして、その議論を呼んだ中で寺町は、猪名と出雲に出会った。

軍令部が艦政本部に新型戦艦の研究依頼を出して数週間後の昭和九年秋。この頃、寺町は海軍省兵備局の人間だった。

砲術屋の彼が海軍省に異動したのは、三月に起きた水雷艇〈友鶴《ともづる》〉転覆事件に関係した人事だった。

この事件は、軍縮条約により保有を制限された駆逐艦について、条約の制限外である水雷艇の兵装を強化し、ほぼ二等駆逐艦に準じる戦力とするという構想から起きたものだった。

荒天《こうてん》の中、演習をしていた〈友鶴〉は、計算上は耐えられる角度の傾斜で転覆し、多数の死者や行方不明者を出してしまった。それは艦船の設計理念に関わる、重大な問題であった。

兵備局としては、海軍艦艇の少なくない部分が、排水量に対して過剰な兵装を施されたことから、類似の事故が起こるかどうか――起こるとしてどう対処すべきか、その対応策を検討する中で、火砲をはじめとして兵装に詳しい人間として、寺町を海軍省に呼ぶこととなったのである。

だが、いざ海軍省兵備局に異動となると、彼も水雷艇〈友鶴〉だけに専念するわけにはいかなかった。

兵備局にとって、〈友鶴〉転覆事件は予想外の案件であり、本来、処理すべき仕事は別にある。たとえば新型戦艦建造などである。当然、それに関連した事務処理も、寺町は行わねばならなかった。

そうした仕事の一環として、彼は瀬戸内海《せとないかい》の亀ヶ首《かめがくび》試射場に来ていた。

彼は、海軍省兵備局の火砲にも詳しい人間として実験に立ち会っていた。一回の短いサイレンと一拍の休み、さらに二回のサイレン。その繰り返しが数度続いて、サイレンが繰り返し咆哮《ほうこう》する。

すでに海岸周辺には人気《ひとけ》はない。関係者は観測壕《ごう》に退避している。そして海岸に響く、轟音。

技術者たちが真っ先に外に飛び出し、寺町ら海軍省や軍令部の人間は、そのまま待機していた。

「異常なし！」

その報告が届いてから、彼らは観測壕の外に出る。

試射場には子豚《こぶた》がつながれていたが、火砲近くにいた豚たちは、どれも発砲の衝撃波で死んでいた。

それも含めての実験だ。豚は後ほど主計科で調理され、トンカツとなって関係者の食卓に上るらしい。

確かに、それも合理的といえなくはない。

ただ、そういう役得《やくとく》にありつけるのは、試射場の職員だけだという。寺町は、こうした『役得』というものが、どうにも好きになれなかった。

私益を追求するなと偉そうなことを言うつもりはない。ただ『自分たちだけ』という姿勢には、何かしら不愉快な臭いを嗅《か》いでしまうのだ。

そんな中で、寺町は砲口圧により死んでしまった豚に手を合わせる海軍将校に気がついた。

名前は知らないが、赤レンガの中で何度か顔を見た記憶がある。海軍省側ではないから、おそらく軍令部の人間だろう。

「豚が不憫《ふびん》かね？」

寺町は特に深い考えもなく、その軍令部の人間に声をかけた。

「不憫とは思いません。家畜と生まれたからには、遅かれ早かれ、人間に食べられるのが運命です。ただ、この豚たちは実験で命を失った。なんの実験かといえば、つまるところ人間を長生きさせるためです。であれば、人間である我々が、豚たちに頭《こうべ》を垂れて当然でしょう」

「人間を長生きさせる、か」

寺町は、その軍令部課員の言葉を面白いと思った。

自分たちは今、何をしているかといえば、大砲の実験をしているのだ。だから、普通に考えるなら、人殺しとは言わないとしても、敵を倒すとでも言うだろう。あるいは国を守るくらいか。

だが、人を長生きさせるという発想は、普通は思いつかない。

もちろん寺町も、それが意味するところは、だいたい分かる。日本海軍が強力な火砲を開発することは、外国軍に対する抑止力《よくしりょく》になる。それは戦争の危険を回避することにつながり、結果として戦死する人間はいなくなる。

彼が考えているのは、おそらくはそうしたことだろう。しかし、豚の死体からそこまで発想する男というのは、珍しい。

階級は大尉《だいい》だった。ならば、まだ軍令部の人間としては新人だろう。古参でこんな奴がいれば、自分が知らないはずがない。

「貴官は軍令部の人間か？」

「あなたは？」

「あっ、失礼した。兵備局の寺町少佐だ」

「あなたが、あの寺町少佐ですか。〈友鶴〉転覆事件では奔走《ほんそう》されたとか。お噂《うわさ》は、かねがね。申し遅れましたが、自分は軍令部第一課の猪名大尉です」

「イナくんか、よろしく頼む」

「こちらこそ」

確かに〈友鶴〉転覆事件では、色々とあちこちを回ったが、『あの寺町少佐』と言われるほど目立っているとは思わなかった。

二人は、そのまま問題の火砲へと歩いていった。試射場の射座は周囲より高い台座がしつらえてあり、火砲はその上に載っている。

特別の火砲のため、射座も特別製で、それらは互いに一〇〇メートルほどの距離をおいて二門が用意されていた。

試射を行ったばかりの火砲の周囲では、技師たちが亀裂《きれつ》などを調べていた。装薬《そうやく》の圧力に砲身や砲尾が耐えられたか、それを調べているのだ。

二門の火砲は、素人《しろうと》が見ても戦艦の主砲と分かる巨大なものだ。それぞれにペンキで『甲』『乙』と記してある。

両者の長さは、ほぼ同じで、二〇メートルほどある。ただ『甲』と描かれている側に比較して、『乙』と描かれている方は、細長く見えた。

あくまでも相対的なものだが、『甲』はずんぐりとした火砲で、『乙』は痩《や》せた火砲となるだろう。

今、試射が行われたのが、『甲』であった。『乙』の実験は、一通りの検査が終わってから、二時間後を予定しているという。心なしか、後ろの倉庫からは豚の鳴き声が聞こえた。


「軍令部では、どちらを本命と考えているのかな?」

それは軍令部への質問でもあり、猪名大尉に対する質問でもあった。この試射が新型戦艦の主砲の実験であるのは言うまでもない。

その点では、軍令部にとって重要な問題である。その重要な主砲の試射に送られてきた猪名大尉とは何者か?

言い換えるなら、軍令部はこの試射をさほど重視していないか、さもなくば猪名大尉が有能な男か、どちらかだ。

「結論は、まだ出ていません」

「出てないのか……」

軍令部から主砲について艦政本部に要求を出すのは、もう少し先の予定なのは寺町少佐も知っている。ただ、ある程度の意思統一はなされてもいい時期なのも確かだ。

寺町少佐の認識では、今回の『甲』『乙』二つの火砲の試射は、本命の確認と、予備の参考資料を得るものであった。

結局のところ、それは軍令部の管轄《かんかつ》事項で、海軍省の決定する話ではない。意見は言えても、決定は用兵側にある。

「兵備局の意見としては、どちらに軍配《ぐんばい》があがりますか？」

「兵備局の意見だと……そうさなぁ、設計どおりの性能なら、火力の面では文字どおり甲乙つけ難《がた》い。まぁ、甲乙つけ難い性能の火砲を設計したのだから当然だろうがな。

確実なところを狙うなら『甲』だろう。新機軸を発達させるなら『乙』だろうが、技術開発の冒険がともなう」

「それで結論は？」

「まぁ、待ちたまえ」

寺町少佐は、近くに丸太と木の枝を見つけると、猪名に横に座るよう促した。

「これは兵備局の意見ではなく、自分の考えだ。せっかくの機会だから、じっくり考えてみるか。

まず、基本だ。『甲』と『乙』の違いは分かるな？」

「九四式四〇センチ砲の『甲』と『乙』の違いは、口径です。『甲』は四六センチ、『乙』は四〇センチ」

猪名大尉の発言は日本語としてはおかしいが、海軍としては正しかった。四六センチ砲の開発を行っていることを秘匿《ひとく》するために、新型砲開発計画は九四式四〇センチ砲とされていた。

「さらに『甲』は砲身長四五口径、『乙』は五〇口径あります」

「そのとおり。さて、貴官は砲科か水雷科か？」

「砲科です」

「なら、釈迦《しゃか》に説法《せっぽう》かもしれないが、自分は考えをまとめたいので聞いてくれ。

　長門型の四五口径四〇センチ砲より強力な火砲を造るとして、威力を向上させる方法は二つある。

　一番簡単なのは、主砲の初速を増速することだ。具体的には砲身長の伸展と装薬量の増加による。

　だが単純に火薬の量を増やしても、実は問題解決にはならない。初速は速くなるが空気との抗力も増大し、射程は伸びない。弾着時の速度も同様だ。つまり火薬を無駄《むだ》に消費するだけで、効果は薄い。

　これを解決する一番単純な方法は、弾頭重量を重くすることだ。この状態で初速を速くすれば、空気による抗力は面積――つまり口径に比例するから、その影響を受けにくい。だから弾体は高速で遠距離まで飛ぶ。つまり、威力が増す。

　で、この場合の問題点は分かるか？」

　寺町は棒で砂に弾道を描いて比較する。

「口径が同じで細長い砲弾は、進行方向に対して垂直に交わる軸《ヨー軸》に対して物体を回転させる力《モーメント》が働き、弾道が悪化する――つまり命中精度が下がる。

　あとは火薬が不経済かな？」

「まぁ、装薬の経済性はとりあえず忘れてくれ。弾道の悪化については、そのとおりだ。

　何か言いたそうだな？」

「いや、それはあとで。先を続けて下さい」

「そうか。なら、続けるぞ。

　弾体を細長くするのが命中率を低下させるなら、単純に長門型の主砲を四五口径から五〇口径にしても、射程は伸びない。では、射程を伸ばすには、どうすればいいか？　一番単純なのは口径の拡大だ。面積は相似比の二乗で効いてくるが、体積は三乗で効いてくる。だから四六センチ砲は四〇センチ砲より空気の抗力を受けにくい。それだけ射程は伸びるし、形状は細長くないから弾道も悪化しない。

　これが甲砲だ。ここまでは、いいかな？」

「はい」

「でだ、乙砲は砲身長を五〇口径にするとともに、長門型の主砲の砲弾とは異なり、弾体重量を三割増している……確か三割だよな？」

「弾体重量は三割増しで、初速は一七パーセント向上させてます」

「ありがとう。そうすることで弾道を悪化させずに射程を伸ばす——それが乙砲の理屈だ。

兵備局に届いた資料では、最大射程は五万三〇〇〇になるらしい。

ただ、見れば分かるが、乙砲は薬室が大きく、甲砲並みに砲尾が頑強だ。前例のない高圧と衝撃に耐えねばならないからな。炸薬も大量に消費し、砲身の腐食《ふしょく》も激しい。技術的には内管の交換で対応できるが、頻度《ひんど》は高くなるから、経済性では甲砲より問題は残る」

「威力では『乙』、経済性では『甲』ですか」

「とは限らん。例えば主砲を八門にするとする。乙砲なら、長門型を少し大きくした程度で収まるはずだ。基本的に四〇センチ砲だからな。

だが甲砲となると、四六センチ砲を支える砲塔やなんやかやで、排水量は大幅に拡大することになる。正確には分からんが、基準排水量で五万トンとか六万トンという、とんでもない値になるんじゃないか」

「なるほど」

「ところで、さっき何か言いたそうだったが、なんだ？」

「先ほどから射程の話をしてますが、射程はそれほど重要でしょうか？」

寺町少佐は、猪名大尉の質問に度肝《どぎも》を抜かれた。これで猪名が馬鹿だったら、笑い話で済ますところだが、猪名は馬鹿ではない。

つまり、この質問は真面目《まじめ》な質問であり、真面目な質問なだけに寺町は途方に暮れる。この男は何を考えているのか？

「重要じゃないと、貴官は言うのか？　射程が長ければ、相手の射程外《アウトレンジ》から攻撃できるだろう」

「ええ、それは軍令部でも嫌になるくらい言われます。

　しかし、アウトレンジなど、そもそも可能でしょうか？」

「どういうことだね」

　この男との会話には、何か面白いヒントがある

――そう寺町少佐の勘《かん》が囁《ささや》いた。

「乙砲の最大射程は、計算では五三キロ。五二キロ先の敵艦を、どうやって察知します？　また弾着観測は？　相手は水平線の向こう側にいるんです」

「飛行機を使うしかないだろうな」

　海軍も伊達《だて》にアウトレンジと言ってはいない。遠距離砲戦のために航空機を使う研究は、すでにされている。

「いざ砲戦となれば、それでいいわけですが、その前段階ではどうでしょう？　敵艦は水平線の彼方《かなた》です。飛行機で常時索敵《さくてき》をするとしたら、艦載機は一機や二機では足りません。一〇機前後は最低でも必要でしょう。そうなれば、戦艦なのか空母なのか分かりません」

「話がずれてないか。飛行機のことは、今はいいだろう」

「飛行機と言いだしたのは寺町少佐ですが」

「あっ、そうだな、すまん」

「問題の本質は飛行機にあるのではありません。

　アウトレンジを可能とするためには、敵を敵の射程圏内まで接近させないことが不可欠です。言い換えれば、アウトレンジが常に成り立つための状況を維持する必要がある。

　そうしたことを考えるなら、アウトレンジが成り

立つことを頼みとせずに、アウトレンジを頼らずに勝つ方法を研究すべきではないでしょうか？」

寺町少佐にも反論はあった。彼としては、アウトレンジ戦法に関する猪名大尉の意見は一面の真実を含んでいることを認めつつも、それを否定することには抵抗がある。

アウトレンジ戦法の欠点を無視するわけではない。彼は兵器の戦術的多様性を重視――つまりは汎用性を軍艦に求めていた。

水雷艇〈友鶴〉転覆事件でも、彼は水雷艇を二等駆逐艦に準じる存在とするような硬直した思考に、問題の本質があると考えていた。

限定された排水量で、水雷戦力に拘《こだわ》らない、合理的な兵装を求めていれば、あの事件は回避できたというのが彼の意見であった。

もっとも砲術屋の意見は、水雷屋たちには理解されたとは言い難《がた》かったが。

そうした寺町少佐の考えでいえば、新型戦艦もアウトレンジに固執《こしつ》する必要はないにせよ、それが可能なら可能な余地は残しておくべきだと思っていた。

「それでも、状況によってはアウトレンジが可能な余地はあってもいいのではないか？　それは、ただ一度の機会かもしれないが、それで敵主力艦一隻を屠《ほふ》ることができれば、十分元は取れるだろう」

「元ですか……」

猪名大尉は、自分の意見への反論は覚悟していたらしい。おそらく、何度も意見を開陳《かいちん》しては反発を買っていたのだろう。だが、寺町のような『一隻屠れば元が取れる』という反論は、予想もしていなかったようだ。それは彼にとっても斬新な視点であったらしい。

「もしも寺町さんが敵戦艦だとして、日本の新戦艦とどう戦います？　アウトレンジされる側だとして」

「その質問の前提として、速度はどっちが速い？　自分か、新戦艦か？」

「新戦艦が高速として下さい。そういう要求で建造されるはずなので」

「なるほど。

　こっちが優速なら、逃げるという手があるな」

「逃げるんですか？」

　猪名大尉も、仮の話とはいえ、大っぴらに『逃げる』と言う海軍軍人がいるとは思わなかったのだろう。やはり驚いた表情を向ける。

「逃げるさ。アウトレンジする相手と同じ土俵《どひょう》で闘えるか。こっちも一〇〇〇人からの部下が乗っている。彼らを無駄死にはさせられんだろう。

　ただ、今の想定は新型戦艦の方が高速だ。となれば逃げても無駄。ならば、全速で蛇行《だこう》しながら、新型戦艦に突っ込むな」

「突っ込む？」

「蛇行する戦艦に、そうそう照準は合わせられまい。そのままこっちの射程圏内まで肉薄《にくはく》すれば、闘いは五分《ごぶ》に持ち込める」

「だとすると、アウトレンジはやはり無意味ですね」

「とは限らんさ、新型戦艦の方が高速なんだ。アウトレンジの間合いを維持するように移動すればいい。まぁ、見ようによっては、新型戦艦が逃げてるかもしれないがな」

「なるほど、勉強になりました。ありがとうございます」

　猪名大尉は、寺町少佐に頭を下げた。寺町もまた猪名少佐に礼を言う。

　そして新型火砲の実験は無事に終了した。

　それから程なくして、寺町少佐は兵備局の人間として、海軍技術研究所を訪れていた。目的ははっきりしていたが、誰を訪ねるべきかも最初は分からなかった。

　色々なところをたらい回しにされ、紹介されたのが海軍技術研究所電気研究部第一課主任、谷恵吉郎《たにけいきちろう》造兵大佐のところだった。

「水平線の彼方の相手を発見する装置……ですか？」

　谷造兵大佐の表情は、そんな要求をしてくる人間が兵科将校にいるとは信じられないと語っている。

「あまり詳しい説明は機密事項もあるので言えないが、アウトレンジ戦法を行うにあたって、相手がこちらの内懐《うちぶところ》に飛び込んでくる前に、その存在を察知したいんだ。どうだ、それは技術的に可能かね？」

　谷造兵大佐は即答した。『可能である』と。

「二年ほど前ですが、八木秀次《やぎひでつぐ》博士の下《もと》で、松尾《まつお》博士が電波高度計の実験を行っています。飛行機から電波を送信し、地面から反射した電波を受信して、その送受信の時間差から高度を割り出すという装置です。

　残念ながら、装置としては成功でなかったと聞いておりますが、適切な波長の電波を用いれば、そうした装置の開発は可能でしょう。ただ」

「ただ、なんです？」

「こちらから電波を出すことで、敵にこちらの存在を知られるかもしれません。闇夜《やみよ》に提灯《ちょうちん》というやつですよ。それは構わないのですか？」

「それは構いません。周囲に敵がいなければ電波を出そうが、鉦《かね》や太鼓《たいこ》を叩こうが、気づかれる道理がない。

　敵を捕捉したら、電波を止めれば済むことです。こちらは敵から見て水平線の彼方で、分かりっこない。いざ砲戦となれば、飛行機でも飛ばせばいい」

「なるほど。いや、そういうことでしたら安心しました。兵科の人にそういう話をすると、とかく闇夜に提灯と言われるんでね」

寺町は、その話に意外な気がした。すでにそういうことを問い合わせている人間が、他にいるのか？　まさか猪名大尉ではあるまいな？

「自分以外に、こういう問い合わせをする兵科将校が？」

「いや、そういうことではないです。

電気研究部は、海軍技術研究所《ぎけん》の中でも研究者の層が薄い。だから新機軸の研究をするための人材確保の運動しているんですよ。

その中で、新機軸研究の一つとして、こういう構想を話しているんです。夜間航海装置としても有効と思うのですが、どうも用兵側からの反応が薄くて」

「主任は、前々からそうした分野の研究をなさっていたわけですか？」

「研究というほどのことは、していません。電気の研究予算なんぞ、微々たるものです。

実は私は、特許局の審査官も兼任しています。なので外国からの特許出願の審査をする立場でもあるのですが、近年、外国からの出願特許にテレビジョン関連やマイクロ波関連のものが増えている。

もちろん曖昧《あいまい》なアイデアだけで具体的な発明ではなく、特許として認め難いものもあるのですが、それでも傾向はある。

夜間に船舶の衝突を回避する装置、あるいは電波による高度計の類です。いずれも、電波により対象物の存在や距離の計測を可能とする技術です」

「海外では、そうした研究がすでに行われていると？」

「本邦でも行われています。八木アンテナやマグネトロンなどが開発されていますが、何度も言うように予算も人材も払底《ふってい》している。

海外の研究も緒《しょ》に就《つ》いたばかりでしょうが、人材も予算も日本の何倍も投入されているわけです」

「金と人があれば、日本でも欧米に互する電波兵器が可能ですか？」

寺町少佐は、あえて『電波兵器』という表現を谷造兵大佐に使った。それは挑発的な言い方であったが、造兵大佐は逃げなかった。

「逆でしょう。欧米に互する電波兵器を造るための必要条件が予算と人材です。十分条件ではありません」

「なら、こう訊き直しましょう。本邦の技術で、そうした電波兵器の開発は可能ですか？」

「可能です」

「では、武人の蛮用《ばんよう》に耐えうる電波兵器――それも軍艦に搭載可能な装置を、三年以内に開発することは？」

「三年以内に軍艦に搭載可能な装置ですか……」

谷造兵大佐は、『三年』という具体的な開発期間と『軍艦搭載』という二つの条件から、なにがしか察するものがあったらしい。

彼は探るような口調で、寺町に返答する。

「仮定の話ですが、建造の優先順位が非常に高い軍艦が存在し、その軍艦の艤装《ぎそう》として高い優先順位が与えられるならば、三年以内は不可能ではありません」

二人の間に、その軍艦が何を意味するかの暗黙の了解ができていることを、彼らは互いに感じていた。それが具体的に何を意味するか、口にできないものであることも含め。

寺町は、そこでさらに切り込む。

「優先順位と一言でいっても、内容は多岐《たき》にわたる。できること、できないことがある。何が優先されるべきなのか？」

「まず、実験のための電波割り当てです。軍令部は周波数帯のほとんどを作戦用に確保してますが、それでは電波兵器の実験すらできない。

水平線の彼方の敵を発見する兵器なら、然《しか》るべき電波出力が必要です。どの周波数帯が望ましいかも検証する必要がある。そのための電波割り当てが確保されることと」

「他には？」

「材料――特にニッケルの優先割り当てが必要です」

「ニッケルかぁ、あれは砲熕《ほうこう》兵器にも必要な金属だな」

「それは存じておりますが、真空管に使うニッケルなど高《たか》が知れています。代用品の研究は進められておりますが、三年で必要な性能を実現するには、ニッケルを使うべき部位にはニッケルを使うべきです。

別に、すべてをよこせとは言っておりません。真空管用の必要量です」

「なら、銅線用の銅なども必要ですな」

「そうなります。電波兵器が必要とするニッケルや銅の量は、主力艦の砲弾一発にも満たないでしょう。しかし、その価値は砲弾一発を遥かに凌駕《りょうが》する」

寺町少佐は、谷造兵大佐の話を吟味《ぎんみ》する。彼の立場では、電波兵器万能を主張するのは仕方がないだろう。

さらに新型戦艦建造計画に、電波兵器を重要な艤装品として加えてもらうなら、研究が進むだけでなく、電波兵器の権威も高められる。

新型戦艦は、まだ艦政本部技術会議にもかけられていない段階だから、軍令部から電波兵器を要求に追加することは可能だろう。そのための口利《くちき》きなら、自分にもできる。

ただ、電波兵器が本当に水平線の彼方の敵艦を察知できるのかどうか、それは分からない。もしかすると、谷造兵大佐にも分からないのかもしれない。

だから、完全な失敗作である可能性もあり得る。

もっとも電波兵器が失敗したとしても、新型戦艦の傷は浅い。

もともと、どの国も実用化していない装置なら、それを欠くことが極端な不利益になることはない。

逆に、日本にだけ――という技術的優位がいつまでも続くことは、軍事技術の世界ではまず期待できない――が、その装置を発明できたなら、新型戦艦はアウトレンジ戦法を可能とできる。

『甲』『乙』どちらになるか分からないが、それを可能とする主砲はすでにある。それは電波兵器よりも、ずっと現実的な兵器である。

だから、ここで兵備局の人間として寺町が考えるべきは、電波兵器開発というリスクを負うかどうかだ。

谷造兵大佐は、新型戦艦の巨額な予算があれば、それに噛むことで電波兵器の開発は容易と考えているのだろう。

だが予算規模がいかに巨大でも、新型戦艦建造に関する予算に無駄金は一円もない。それが国家予算というものだ。

卑《いや》しくも国家の税金を使う事業だ。予算規模が当初の二倍に膨《ふく》らんだとか、膨らんだ予算の内訳《うちわけ》が説明できないようでは話にならない。まして、そのような予算膨張の責任者が誰か、誰にも分からない――などということは、まともな国の事業ではあり得ない。

だから谷造兵大佐にも、予算相応の責任はともなうう。もちろん権限は与える。権限相応の責任がともということだ。それは寺町も同様だが。

「まぁ、早急に予算については検討してみましょう。資源配分は、兵備局で対応できると思います」

寺町少佐は、リスクをとった。電波兵器は、なくてもともと、手に入れば大儲け。ならば予算確保を働きかける価値はある。

「本当に？」

「まぁ、そちらの部長の頭越しにはいきません。然《しか》るべき手順を踏んで話は進めましょう。自分もそうします。少なくともこの件は、兵備局では検討課題には挙《あ》げることになるでしょう」

寺町は約束した。そして思った。猪名大尉がいなければ、自分もこんな真似《まね》はしなかっただろうと。

「亀ヶ首に行ってたのか……なら驚いただろ」

軍令部第一課に勤務している出雲と寺町が久々に会ったのは、寺町が海軍技術研究所を訪れてから一週間ほどした時だった。

出雲と寺町は海軍兵学校の同期で、おまけに砲術学校でも一緒だった。

ただ出雲は軍令部、寺町は海軍省で、同じ赤レンガ勤務ながらも、職場で顔を合わせることは、まずなかった。

所属の違いが大きいのと、寺町は週の半分以上は外部との折衝《せつしょう》に当たっていたためだ。海軍の指定工場にされている会社や工場は、末端まで数えると六〇〇を超える。

大手だけでも数十あり、艦艇の建造はもとより、艤装品などの生産では民間企業に依存する部分は少なくない。

いきおい、監督官庁としての海軍省兵備局の人間も外に出ることが多くなる。

同僚の中には、企業側を赤レンガに呼びつける者もいないではない。だが、それは寺町の流儀ではなかった。それこそが育ちの良さなのだ、と揶揄《やゆ》されることもあるが、民間人を前に役人風を吹かせるのは、彼には醜悪《しゅうあく》に見えるのだ。

それに、彼が出歩くのには実利面もある。海軍指定工場の現場の様子が直接分かることだ。問題含みの工場では、有事の際に国防の重責は任せられない。

だから彼が企業側に出向く時は、まずほとんど抜き打ちになった。それは工場などにとっては、嫌がらせと解釈されることもある。

一度などは、何を勘違いしたのか、寺町に『これで、よしなに』と、現金を手渡そうとした工場責任者さえいたほどだ。むろん寺町は、そんなものは受け取らず、そうした行為は犯罪であると、彼の上司に指摘した。以後、その工場長の姿を寺町が見ることはなかった。

いうまでもなく、寺町がそうした不意の訪問を行うのは、嫌がらせのためではない。いつ海軍省の人間が来るか分からないという状況を作り出すことで、工場側に緊張感を維持させるのが目的だ。

いわば、一種の抑止力とでもなろうか。国家間で抑止力が意味を持つならば、官民の間にも抑止力が成立する道理である。

こういう事情であるから、同じ赤レンガ勤務でも、寺町が出雲と出会う機会は希《まれ》だったのだ。

そんな二人が、寺町の行きつけの店で一席設《もう》けたのは、出雲の昇進祝いだった。彼はこの一一月一五日付けで、少佐から中佐に昇進するという内示が出たのだ。海兵の同期では一番早い。

軍令部でも別に祝宴《しゆくえん》が開かれたが、寺町は佐世保に出張中で参加できず、個人的にこの日の祝いとなったのだ。

最初は杯《さかずき》を交わし、同期の昇進を祝っていたが、共に海軍省と軍令部の人間である。

満洲事変からこっち、国際情勢は緊張を孕《はら》み、さらに海軍は新型戦艦をはじめとする戦備拡充に着手している。話題は否応《いやおう》なく、仕事のこととなった。

話題が新型戦艦の話になり、亀ヶ首の試射場の話になった時、寺町は猪名大尉の名前を口にした。それに対する出雲の反応が『驚いただろう』だった。

「驚いたというより、興味深いな、彼は」

寺町の率直な答えに、出雲は笑い出した。

「あぁ、やはりな」

「何が『やはりな』なんだ？」

「お前、あんな奴、好きだろ。理屈っぽくて」

「出雲の部下か同僚だから面白いといえるが、自分の部下なら、どうだろうな。好きになれるかは分からん」

　寺町は、そこで杯を置き、言葉を続ける。

「だが、海軍にはあんな男が必要だ」

「それは同感だ。それと、猪名が部下で文句を言うようでは駄目だな。上に立つ者は、彼のような人間を使いこなせねばならん」

「さすが中佐殿は、言うことが違いますな」

「お前だって、じきに中佐だろうが。俺とハンモックナンバーも、大して違わないんだからな」

「だといいがな。

　それより、軍令部でも色々と彼はやらかしているわけかい？」

「あぁ、やらかしてくれてるな。それに本気で怒る奴もいる。しかしなぁ、猪名の意見はけっこう本質を突いたものが多いからな。だからこそ怒る奴がいるわけだが。

　しかし、ただ怒るだけなら意味はない。猪名の指摘にまっとうな反論なり、あるいは指摘された問題を解決しようとしない限り、あれは引き下がらん。なかなか骨のある男だ。猪《いのしし》の名に偽りなしだ――のめり込むと周囲が見えなくなる点も含めてな」

「話を聞いていると、早々に潰されそうだがな。言いたくはないが、赤レンガ向きの人材ではないだろう」

「潰されんさ、俺が守ってる」

「貴様が守ってるのか……？　猪名くんも災難だな」

「何を言うか！　それに彼は、そんな柔《やわ》じゃないさ。あれだ、鋼鉄製のワイヤーみたいもんだ。柔軟に曲がるが、千切れることはない」

「まぁ、貴様も赤レンガ向きかというと、微妙だよな」

「なんに向いてると思う？」

「政治家か、博徒《ばくと》の親分ってあたりかな。お前が陸軍に入っていたら、今ごろ間違いなく、満州《まんしゅう》で軍閥《ぐんばつ》作ってる」

「要するに、上に立つ器《うつわ》ってことだな」

「まっ、解釈は自由だ。

それより、猪名くんだ。彼は、どんな爆弾を軍令部で破裂させているんだ？」

「手榴弾《しゅりゅうだん》から一トン徹甲《てっこう》爆弾まで様々だ。Ａ‐140関連の爆弾では、こんなことがあった。

海軍省だから耳にしていると思うが、Ａ‐140の機密管理の指針策定が遅れたことは知ってるな」

「軍令部側の意見調整で遅れたと聞いているが」

「あれの原因が、猪名くんだ。彼はＡ‐140の機密管理について、なんて言ったと思う？」

「なんて言うもなにも、機密管理は機密管理だろ。猪名くんが変人だとしても、一足す一は二であって、三とか四なんて答えは出すまい」

「それはそうだが、今の譬《たと》えでいうとな、猪名は一は数字たり得るか、って言いだしたんだ。一が数字でなかりせば、足した答えの二も数字たり得ない。

しかも、それが出鱈目《でたらめ》ではなく、それなりに筋が通っているものだとしたら、どうだ？」

「何を言い出したんだ、一体？」

「新型戦艦の存在は軍機にすべきか否か、だ。もちろん図面を公開しろと言ってるわけではない。ただ、新型戦艦の存在を秘匿《ひとく》すべきかどうかという話だ」

「なるほど、なんとなく言わんとすることは分かる。日本にこれだけ凄い戦艦があるぞ、と示すことで、米海軍の侵攻を抑止する――Ａ‐140の存在感《プレゼンス》を誇示することを抑止力にする、そういう話か？」

「お前、猪名くんのこと気に入ってるだろ。正解だ。彼が言ったのは、まさにそんな話だ。

正確には、Ａ－140の性能は、遅かれ早かれ諸外国に知られてしまう。それが不幸にして開戦後であったとしたら、国防のための貴重な材料を無駄にしてしまう。

Ａ－140の性能を諸外国に知らしめるならば、それに対抗する戦力を準備しなければならず、それが抑止力につながり、国防に寄与《きよ》する——そういう理屈だ」

「なるほど、それも一つの見識だな」

「見識だ。ただ、軍令部課員向きではないのかもしれん。

俺も含めて、軍令部の人間は、開戦後にどういう戦術で米海軍を迎え撃つか、そういう立ち位置で物事を考えている。だが猪名くんは、海軍力も抑止力で、いかに戦争を回避するか——そういう視点で考えているらしい。

だから理解できない人間には、彼の理屈は理解できん。ただ、だからこそ軍令部に彼は必要だ。少なくとも、海軍には必要だ」

「激論になったのか？」

「いや、拠《よ》って立つ位置が違いすぎて、激論というほどの激論にはならなかった。

ひとつには、議論が発散したこともある。主砲を『甲』『乙』どちらにするかも決まっていない中で、プレゼンスとして四〇センチ砲は抑止力になるかどうか。そこで機密管理問題が口径論争になってしまったからな。

で、反論だが、プレゼンスなら四六センチ砲だろうということになった。パナマ運河の幅を考えるなら、米戦艦の大型化には限界があり、日本の戦艦の性能を秘匿することで米海軍が対抗策をとることを遅れさせる。彼らが対抗策をとるころには、こちらはさらに先を行く――まぁ、お馴染《なじ》みの反論だ」

「猪名くんの意見は？」

「その論理は無意味と言ったんだな。もう少し言いようもあると思うんだが。

　まず四六センチ砲で米海軍に先んじ、彼らが四六センチ砲を採用する頃にはこちらがさらに先んずることは無理、というのが彼の主張だ。四六のつぎは五〇センチ砲だ。そんな一〇万トンになろうかという巨大戦艦、日本のどこにも建造できない」

「確かに、そんな造船所はないな」

「さらに、パナマ運河の問題も否定した。アメリカの国力なら、東西両海岸に四六センチクラスの戦艦を建造できる造修施設を建設可能だとな。

　もっとも、これは物証があるわけでもなく、検証不能ということで、議論は軍令部第一課長に預けてお開きにした」

「お開きに、した、ってのは？」

「俺がお開きにした。猪名を守るってのは、奴に面子《メンツ》を潰された人間を作らないってことでもあるんだ。彼を、軍令部の憎まれ役にしちゃ駄目ってことだよ」

「偉くなる人間は、心がけが違うな」

　それは、寺町の本心でもあった。だから出雲が先に昇進したことも、彼は納得し、祝福できたのだった。

　谷造兵大佐の目から見ても、実験装置のできは不細工《ぶさいく》だった。マグネトロンによる送信装置も急造なら、それを受信する受信機もまた急造だ。

　本来なら受信機はスーパーヘテロダイン方式を採用したいところだが、そんなものを開発している余裕はなく、超再生方式の受信機となった。

　それがまた、なかなか感度が安定しない代物《しろもの》で、導波管整合と波長整合の二つのダイヤルを調整するために人を一人張り付ける必要がある。実験だからいいようなものの、とても武人の蛮用を云々《うんぬん》できる水準にはない。

谷造兵大佐としては、実用機ではスーパーヘテロダイン式を採用することを決めていた。海外の特許情報から察するに、検波器には鉱石検波器が使えそうだった。

しかし、そういう実験をするためにも予算確保が必要であり、そのためには電波兵器の実用性を証明しなければならない。

その証明のために、今日の実験は行われる。谷造兵大佐がこの実験を重視するのには訳がある。

こんな実験ですら、海軍で行うには予算が必要だ。一万円、二万円という単位だが、個人で賄《まかな》える額ではない。

その実験予算を、あの寺町という兵備局の人間は調達した。技研や上司にも然るべき手順で了解をとり、予備費として今年度内の予算で調達したのだ。

一～二万円という程度の額面だと、寺町の裁量で調達可能だったというのもあるらしい。

彼が巧妙なのは、予算が今年度内という点だ。繰り越しが効かないから、あと半年足らずの間に寺町が納得できる実績を上げねばならない。

実際には、次年度の予算申請に間に合わせなければならず、年内に形を作る必要がある。となれば、時間はない。実験機器の体裁《ていさい》に拘ってなどいられないのだ。

実験機材は、フォードの二トン積みトラックの上にしつらえられた。デリケートな機材なので、組み立ててからトラックの上で行われている。

そして実験現場までは、極力、舗装《ほそう》道路を移動して、速度も落とし、移動した。

トラックは横須賀《よこすか》軍港を一望できる、開けた場所に停車する。エンジンは停止し、車載の発電機も降ろし、振動が伝わらないように注意する。

超再生方式の受信機は、気分屋だ。だから谷造兵大佐もご機嫌《きげん》を取りながら準備を進める。

自動車に乗って寺町少佐が現れたのは、約束の時間どおりだった。

「自動車ですか？」

「実験が上首尾《じょうしゅび》なら、すぐに海軍省に戻り、稟議書《りんぎしょ》を作成しないとなりませんからな」

こいつは本気だ、と谷造兵大佐は気が引き締められるよりも、胃が痛くなる。実験は五分から一〇分。それで電波兵器の未来は決まる。

今回、失敗しても次のチャンスはあるだろう。寺町も一回だけと度量の狭いことは言うまい。

しかし、この実験が失敗すれば、技研への信頼度が下がることは間違いない。

さらに次の実験を準備し、成功したとしても、予算申請のことを考えれば、次年度の予算で本格的な開発費は認められず、翌年以降に持ち越しとなるだろう。つまり一〇分の失敗で、開発スケジュールは一年遅れる。

「戦艦〈山城《やましろ》〉が視界内に入るのは？」

「予定どおりなら、一五分後です」

「電波兵器の状況は？」

「安定しています」

それは谷造兵大佐ではなく、専属の技師が返答した。寺町はトラックにのぼり、技師の頭越しにオシロスコープをのぞき込む。

実験には十数人の人間がいた。発電機の移動や実験記録など、必要な人員は意外に多い。さらに谷造兵大佐としては、人員を確保するために、実験要員の頭数を増やして、既成事実化しようという思惑もある。

予算が出ても、人材が足りなければ話にならない。

谷造兵大佐は、密かに海軍省の力を借り、民間企業の技術者も取り込むことを考えていた。自前で養成できなければ、即戦力を取り込むしかない。

トラックは花魁《おいらん》の簪《かんざし》状態であった。荷台の左側面中央に、送信用の八木アンテナがあり、それを四隅から囲むように四本の受信用八木アンテナがある。

「そちらからの手紙で、概略は理解したつもりです」

寺町が言う。新型戦艦関係の書類は、よほどのことがない限り、郵便でやり取りされていた。この時代の郵便配達夫は、准《じゅん》軍人扱いであり、安全な通信手段と考えられていたためだ。

「自分の理解では、送信電波が反射されてそれを受信したならば、位相がずれて二つの波がオシロスコープに表示される。それで間違いありませんか?」

「間違いありません」

寺町少佐は、電波兵器の原理を理解してくれたようだ。それはありがたくもあり、怖くもある。

装置の原理を理解している人間に、嘘や誤魔化《ごまか》しは通用しない。もとより谷造兵大佐も誤魔化すつもりはない。

ただ、こういう人間が自分たちの技術上の弱点を突いてくることは、ままある。それは、今の谷造兵大佐には何より怖い。

オシロスコープには正弦波《せいげんは》が一つ流れていた。一つだけ表示されるように調整されているらしい。

「〈山城〉来ました!」

双眼鏡をもって海を監視している作業員が叫ぶ。

「波形に変化がありませんね」

寺町少佐は訝《いぶか》しがる。

「電波は直進しますから、ここから直線上を〈山城〉が通過すれば、反射波が感知できます」

それは手紙に書いたはずだが。それとも何か書き落としたか。

「見て下さい、ここに山が二つできました。この山の距離が電波の位相のずれで、戦艦〈山城〉までの距離を示します」

ここで谷造兵大佐は、自身の手紙の書き落としを知ることになる。

「距離は分かりましたが、電波兵器は距離しか測定できないのですか？　方位の計測は？」

「方位の計測も可能です。空中線の向きで……」

アンテナの角度で方位を割り出すのは可能だが、今のこの構造では、アンテナの旋回《せんかい》機構などない。考えてもいない。それどころの話ではないからだ。

しかし、海軍省兵備局には、それでは通用しないだろう。

すぐさま谷造兵大佐は命令する。

「そこの君たち！　トラックを押してくれ、方位を変える！」

エンジンをかけなかったのは、振動を嫌ってと、微妙な角度調整が必要だから、人力と判断してのことだ。

十数人の人間が、谷造兵大佐の命令で、トラックを押したり引いたりして角度を変える。

さすがに寺町少佐も、自分の一言がこんな大袈裟《おおげさ》なことになったことに責任を感じているようだ。

しかし、ここで押さずして、どこで押すのか！

「見て下さい。右にずれたら反射波はなくなりました。

取《と》り舵《かじ》！」

トラックが右から左に方位を変えると、反射波が急激に強くなり、波が二つになった。そして取り舵を続けると、反射波は消えた。そんな作業を数回繰り返した。

「今回は試作機なので、トラックごと移動しましたが、本来の装置では八木アンテナのみが旋回し、方位を特定します」

「そうして距離と方位を測定するわけですね、なるほど」

寺町は、トラックの周囲で疲労困憊《ひろうこんぱい》の十数人を見て、本当に申し訳なさそうな顔をしていた。

ただ谷造兵大佐は、ともかくこれで勝負は勝ったと確信した。とりあえず開発を中止する理由はなくなった。

実をいえば、谷造兵大佐は一つの問題を、今の実験で知った。距離分解能は比較的、高そうだが、方位分解能があまり高くないのだ。たぶん空中線の指向性を高めるか何かすれば、角度分解能は上がるだろう。

それに索敵のための装置なら、この程度の角度分解能で問題となることは、まずないはずだ。

しかし、海軍の技術畑で冷遇されてきた電気部の人間としては、電波兵器の実験成功が用兵側からどんな要求となるか、容易に想像できた。

「電波兵器で砲撃はできないか？」

まず間違いなく、この要求はなされるはずだ。角度分解能は波長が短ければ高く、同じ電磁波でも光の方が電波より遥かに短い。それは海兵でも習う基礎物理の知識だ。

だから光学測距儀《そっきょぎ》並みの角度分解能は電波兵器では出せないことは容易に理解できるはずだが、理解できても、それで納得はしないだろう。

とはいえ谷造兵大佐は、将来の無理難題について考えるのはやめた。それ以前に解決すべき課題は山積している。

寺町少佐は、実験後、恐縮して戻った。そして、それに合わせるかのように実験装置は不安定になり、反射波の受信ができなくなった。あの一〇分程度の間が限界だったらしい。

数日後、寺町少佐より『海軍省に来年度予算申請について必要書類を至急提出するように』との連絡があった。

「もう、後戻りはできないな」

谷造兵大佐は、海軍省からの電話を切ると、そう呟いた。

# 新戦艦〈大和〉
## 発進編

艦政本部

三章

# 新型戦艦・造船所問題

海軍

昭和一〇年春。

海軍省の人間として、寺町少佐は函館《はこだて》に出張することとなった。この出張自体は海軍にとって重要なものであったが、現時点では秘密を要することと、多数の人員を派遣する段階に至っていないことから、調査に赴《おもむ》いたのは二人だけだった。

海軍省兵備局からは寺町少佐、そして軍令部からは猪名大尉。厳密にいえば、軍令部から人が来る必要はない。

来てはいけないわけでもなく、海軍に無関係な話でもない。ただ軍令部の主務かといえば、微妙な部分ではある。

将来的には、軍令部も深く関わるかもしれないが、現時点では時期尚早《しょうそう》だろう。

それなのに猪名大尉が来たのは、人事的な話である。それを内々に寺町に伝えたのは、軍令部の出雲中佐だった。

それによると、猪名課員が大尉から少佐に昇進するに当たって、軍令部から海軍省に異動するという話があるという。今回の出張は、その関係らしい。

寺町少佐にそのことを説明した出雲中佐は、それ以上の説明はせず、ただ表情で『察してくれ』と語った。

寺町少佐も状況は想像がつく。猪名大尉が周囲から潰されないために守ると、出雲はかつて語った。だから守るための異動なのだろう。

そう彼が判断するのは、海軍将校の人事は、原則として海軍省人事局が行うからだ。出雲より寺町の方が先に噂を耳にすることはあったとしても、軍令部の人間から噂を教えられることなど本来はない。

それなのにそんな話を耳にするのは、この異動が軍令部サイドから働きかけられているためだろう。

なかなか難しい話だと寺町は思う。単に放逐《ほうちく》するだけなら、佐世保なり大湊《おおみなと》なりの地方に出せばいいいわけだし、艦船部隊に送ることも可能だ。経歴的には、猪名ならどこでも通用する。

だが、そうではなく、あくまでも赤レンガ内の異動というのは、猪名は反発と同時に支持も集めているということだ。

赤レンガには必要だが、自分の周囲にはいてほしくない――案外それが現状か。

そんな話を出雲中佐が寺町少佐に持ち込んで、出張というのは『兵備局に送るから面倒を見ろ』ということにほかならない。

猪名大尉と寺町少佐が合流したのは、青森《あおもり》でだった。猪名は別件で新潟《にいがた》に出張しており、その足で青森の寺町と合流したのである。

新潟は大陸との重要な貿易港の一つであり、それに関するものだろうと寺町は思ったが、あえて仕事内容については尋ねない。そういう暗黙の了解が、彼らの中にある。


二人とも青函《せいかん》連絡船の中では背広姿であった。青森から函館までの数時間、二人は甲板に出ていた。

「我々の出師《すいし》準備は、どうなるでしょうね？」

そう話しかけてきたのは、猪名大尉からだった。

「ヒトラーか？」

「ええ」

この三月一六日、アドルフ・ヒトラーはドイツ国民の圧倒的な支持を背景に、ヴェルサイユ条約の破棄と再軍備を宣言した。

ヨーロッパ諸国の反応は、思ったより薄い。ヒトラーが政権を掌握《しょうあく》した時点で、英仏などのヨーロッパ諸国にとって、それは望ましくないが、予想された事態であったからだ。

「欧州《おうしゅう》情勢の緊張が高まるのは必至だが、アジア方面にまでは影響は及ぶまい。少なくとも、出師準備を云々するには至らないのではないか。

ドイツは陸軍国で、アジアに権益があるわけではない。よしんば戦争が起きても、主戦場は北海から大西洋ではないのか」

だが寺町は、猪名が別の観点で状況を憂《うれ》いているいることを、その表情から読み取った。

「何を心配しているのだ?」

「大陸情勢です」

猪名は手帳を取りだし、古い新聞の切り抜きを見せた。万年筆で何新聞の記事かと、日付が入れられている。

「ドイツの軍事顧問団が蒋介石《しょうかいせき》に迎えられる……か」

ただし、その記事は二年前のものだった。現在も同様の動きはあるのだろうが、寺町には今ひとつ猪名の話の持っていき場所が見えない。

「ナチスドイツは——いや、ドイツ国防軍はというべきでしょうか、彼らはやがて行われるだろう再軍備に備え、色々な準備を進めてきました。禁じられたはずの軍事技術の温存などです」

それは寺町も知っているし、日本海軍も無関係ではない。

たとえば日本海軍が誇る伊号潜水艦は、ドイツからの戦利潜水艦を参考にしたばかりではなく、ドイツの潜水艦技術者を招聘《しょうへい》し、その技術指導を受けて完成したものであるからだ。

こうしたことは日本だけでなく、ソ連などでも行われたらしい。再軍備宣言以降は、こうした技術者などが本国で活躍すべく帰国しているのは間違いないだろう。

「この再軍備宣言に合わせ、ドイツ軍は中国に強い関心を持っています。昨年、ドイツが輸出した兵器の五八%が、中国向けだとご存じでしたか?」

「いや、知らないが、なんで君はそんなことを知ってるんだ?」

「貿易商で海外に支店を持つ知り合いがいて、そこからの情報です。ドイツの貿易統計から割り出したとか」

そういう情報は、ちゃんと海軍の上の方にも知らせるべきではないか――寺町はそう言おうとして、はたと困った。

ドイツの貿易統計のような情報を、海軍のどこに教えればいいというのか？　軍令部情報課が担当になるのかもしれないが、軍事のみならず経済分野も加味しての情報収集分析をしている部局ではない。

とりあえず猪名が軍令部課員だから、出雲か誰かもその情報を知っているだろうが、それは海軍という『組織の知識』として知られているのとは随分《ずいぶん》、違う。

「ドイツは、日本より中国に関心を抱いています。中国に武器を売り、バーター貿易として再軍備に必要な資源を中国から受け取る。

今、陸軍が中国で積極的な工作を行えば、中独関係が強化される可能性があります」

「陸軍が中国とことを起こして、ドイツから武器を手に入れれば入れるほど、ドイツの再軍備が加速して、欧州で戦争が起こる――そういう話か？」

「そうです。さすがに中国がドイツに戦艦を造らせるようなことはないでしょうが、戦争で欧州との交易が困難になれば、わが国の出師準備はアメリカ依存を強めます。そうなれば、日本の抑止力にも影響するでしょう」

そこまで言われれば、寺町にも話は見える。新型戦艦で対米抑止力を確保しようにも、その戦艦建造のための資源をアメリカに依存していては抑止力は大きく削《そ》がれることになる。

「まぁ、そういう可能性もあるだろうが、しかし風が吹けば桶屋《おけや》が儲《もう》かるというような話だな。

その伝でいけば、陸軍が大人しければ欧州大戦は起こらないのか？　そうでもなかろうよ」

「まぁ、私もそう思います。

実はドイツ海軍にはカナリス提督《ていとく》という人物がいて、彼は日独海軍の提携を唱えています」

「日独海軍の提携？　陸軍ならソ連を東西から挟撃《きょうげき》するというので分かるが、海軍となると分からんな。ソ連にはろくに戦艦さえないだろう。日露戦争の頃ならいざしらず、今のソ連は日独が挟撃するほどの脅威ではない」

「カナリス提督は、英仏のことを考えているようです。日独海軍が手を結べば……」

「アジアの植民地と本国の交通が遮断《しゃだん》される。それだけ、英仏には脅威となる。

しかし、それで得をするのはドイツであって、日本ではあるまい。あぁ、だから技術提供か」

そこで寺町は口をつぐんだ。A－140の話題になるからだ。

世界最強の戦艦が完成した時に日独が手を結べば、英仏にとってはA－140の存在は彼らの脅威となるだろう。

「君が考えているようなことになれば、英仏にとっては脅威だろうが、彼らが対抗処置を講じて、状況が複雑になる可能性はあるんじゃないか？　英独が行ったような建艦競争だ」

「抑止力を軍艦ではなく、日独連携に置けばどうでしょうか？　アジアで軍拡をすれば、日本はドイツと手を結ぶというような」

「なるほどな」

出雲が、軍令部から海軍省に猪名を異動させたいというのは、寺町には分かる気がした。この男の考え方は、他人とは視点が違う。

猪名の言い分や分析がすべて正しいかどうかについては、寺町も異存はある。だが重要なのは、そこではない。

猪名が提示したような視点から物を見ること――

それを軍令部なり海軍省という組織で議論すれば、その結論は有意義なものとなるだろう。

ただ出雲には悪いが、軍令部ではこの異才を生かし切ることはできなかったらしい。寺町は、これは海軍省にとって一つの挑戦ではないか、そんな気がした。


青函連絡船が函館に到着すると、寺町と猪名は夕クシーを拾って函館造船興業《はこだてぞうせんこうぎょう》の本社に向かった。

会社はモダンな鉄筋コンクリートの、思ったよりも小さなビルだった。この小さなビルが管理するのが北海道《ほっかいどう》で最大、日本でも五指に入る大型船渠《ドック》だ。

函館造船興業は、もとは鉄工所であったという。社史によると、創業者が日露戦争に参戦した工兵で、国境地帯の北海道こそ国防の最前線として重工業を興《おこ》さねばならないとの決心から、創設したとある。

応接室には、そのせいか軍に納入した機械類の模型が置かれている。大砲などもあるが、多くは蒸気機関で、それも船舶用が中心だ。

創業者は創意工夫に富んだ人物と紹介されていたが、それは嘘ではないようで、操業三年目には蒸気自動車を試作し、陸軍にも納入したとある。

とはいえ、内燃機関ではなく蒸気機関であり、自動車にはこれ以降は手を染めていないようだった。

また、軍に納入しているのは艤装品や機関関連の部品が中心で、艦艇の建造は駆逐艦や哨戒艇が若干であり、強《し》いて軍艦といえば、オホーツク方面での活動を意識した海防艦くらいだった。

ただ、バラ積み船や貨客船は建造経験があるようで、純白の貨客船の模型が自慢げに飾られている。

もっとも、その大型船も排水量でいえば二万トンに満たない。

「大丈夫なんでしょうか？」

猪名大尉ならずとも、不安になる気持ちは寺町少佐にも分かる。

「それを確認するための出張だ。今現在、経験がなくても施設の規模や、設備の拡充で対応可能なら、それだけの価値はある」

「今ではなく、将来を見ろと」

「そういうことだ」


軍令部と艦政本部との折衝の中で、新型戦艦の概要はおおむね、まとまりつつあった。

ただ火砲については、今もまとまらず、実際に艦政本部が行っていたのは四六センチ砲搭載型と四〇センチ砲搭載型の二つのA－140型の第一案をまとめることだった。

詳細設計に着手する段階ではないため、作業としてはまだ楽ではあったが、反面、そこから先の作業が何もできない状況であった。

四六センチ砲搭載型の甲案と四〇センチ砲搭載型の乙案は、設計は大きく違うのだが、そのメリットとデメリットに関しては、文字どおり甲乙つけ難かった。

甲案では主砲の数は三連装三基の九門。乙案では連装砲塔五基の一〇門。同一砲塔で長門型の八門以上という条件を満たすとなれば、この二案が最も合理的と判断された。

乙案に関しては、甲案同様の三連装砲塔三基という意見もあった。しかし、軍縮条約明けを睨《にら》んだ米海軍の新型戦艦が、まさに四〇センチ砲三連装三基との情報から、『それ以上』を目指す見地より連装五基となった。

一方、甲案に関しても前例のない三連装三基案より、連装四基案を支持する意見もあったが、九四式四〇センチ砲甲乙がほぼ同等の性能と判断されている状況では、八門は見劣りがした。

主砲の選定と数の決定一つとっても、容易にまとまらないのが現実である。

ここで四六センチ砲連装五基とか、四〇センチ砲三連装四基というデザイン案が提案されながら却下されたのには理由がある。それは建造施設の問題だった。

軍令部は常識に従い、新型戦艦は四隻建造する計画だった。そこにあるのは大正期の艦隊整備計画――八八《はちはち》艦隊計画の昭和的なリメイクだった。

最初の八八艦隊は、高速の巡洋戦艦と重厚な戦艦で役割分担がなされていた。だが今日《こんにち》は艦艇技術も進歩して、巡洋戦艦並みの速力が出せる高速戦艦の時代だ。

高速戦艦だけで艦隊を構成できるなら、戦術的な柔軟性は高くなる。別の観点でいえば、艦隊整備の総額は安くできる。

だが、ここに大きな問題が生じた。そうした戦艦をどこで建造するかという問題である。軍艦は建造して、それでおしまいではない。平時にも定期的な改修などが必要だ。

もしも戦時になれば、損傷箇所の修理も加わる。もちろん修理中のドックは、その軍艦に占拠《せんきょ》される。

新型戦艦は日本最大の船舶となり、それを建造できるのは、日本最大規模の造修施設しかない。

さらに将来的に海軍は、大型空母などの整備計画を持っていた。それらの建造や改修、修理の可能性も考えねばならない。

話が難しいのは、新型戦艦が建造できる造船所を、無闇に日本中に建設することもできないことだ。

まず施設建設に何年もかかる。戦艦の重量を支えられるだけの施設を造るのだ。土壌改良から作業は始まる。

さらに既存の海軍工廠は、これ以上のドックの新設や拡大が限界に近いことだ。また海軍の方針としては、民間企業の能力も育成したい。

しかし、民間造船所で新型戦艦を建造するとして、竣工後の問題がある。そんな巨大な造修施設を、戦艦の建造以外にどう活用するのか？

それだけの施設を民間が維持するのは容易ではない。軍需に対して民需が弱い日本では、軍艦並みの大型船舶の建造需要など、そうそう起こりえない。

となれば、戦艦を建造した民間造船所には、定期的に大型軍艦を建造させ、仕事を与える必要がある。

いかに新型軍艦が重要で、造修施設が要《かなめ》でも、施設維持のためだけに軍需を発注するわけにはいかない。その辺のバランスをどうとるか――世界最強の戦艦を建造するということは、幾多《いくた》の前例のない問題と直面するということでもあったのだ。

「お待たせいたしました、社長の朝河《あさかわ》です」

朝河は二代目で、事前の情報によると、東京帝《とうきょうてい》国《こく》大学で造船を学んでいたという。工兵からの叩き上げでここまできた先代とは、色々と違う人物であるらしい。

とはいえ、この大学教授のような風体《ふうてい》の二代目になってから、函館造船興業は会社の規模を五倍にしたのだ。

名刺交換などの儀式を済ませ、雑談などをしながら互いに相手の腹を探り合う小一時間が過ぎ、話はようやく本題に入る。

「弊社《へいしゃ》の施設で軍艦を建造することは可能か？　でありますか」

朝河社長は、遠くを見るような表情で、二人に向かう。

「造船技術者としての意見を述べるなら、可能です。軽巡までなら既存のドックで建造できますし、現在建設中の四号ドックならば重巡以上の軍艦も建造できます」

朝河社長は微妙な玉を投げてきた。『重巡洋艦より大きな軍艦』といえば、戦艦と空母くらいしかない。

だが、その微妙な玉を猪名大尉は、これまた妙な方角に投げ返す。

「それは造船技術者の意見ということだが、函館造船興業の社長としては、また違うということか？」

「まぁ、技術者と経営者では、視点も違えば、責任も違います。

例えば海防艦を建造した時は、機関部は自前でしたが、砲熕《ほうこう》兵器は呉海軍工廠《くれかいぐんこうしょう》より提供されました。

そうした支援の有無《うむ》があるかどうか。また、どこまで施設拡充の補助がなされるかで、経営的に可能・不可能の判断は違います」

「造修設備は御社《おんしゃ》の問題と思うが？」

寺町は、猪名が『御社』などという言葉が使えたことに、こいつも社会人だったんだなと、ふと思う。

「先ほど、軽巡なら建造可能と申し上げましたが、船体に限るなら重巡も建造できます。しかし、砲熕兵器の取り付けのための大型クレーンの能力が、二〇センチ砲塔の工事には耐えられません。

一方、商船その他の建造なら、現有の施設でなんら困ることはない。海軍様の重巡を建造するためだけに、クレーン一式を交換しなければならないわけです。

さて、この場合でも弊社のみの責任となるのでしょうか？」

寺町が、そうした社長の問いかけに答えあぐねている中で、猪名大尉は再び玉を投げ返す。

「それは、あまり意味のある質問とは思えないが」

「どういうことでしょうか？」

「海軍から補助金が出たとしよう。御社はそれでクレーンを入れ替える。まぁ、仮に一〇〇万円としておこうか。

さて、そうして御社は重巡洋艦を建造する。重巡の値段を五〇〇〇〇万円とすると、御社は海軍から五〇〇〇万円とクレーンの補助金一〇〇〇万円で総計五一〇〇〇万円を受け取る。

だが、仮に御社が自腹でクレーンを入れ替えるとする。そして重巡を受注する。すると御社は重巡の建造代金を五一〇〇〇万円として海軍に請求することができる。

海軍から見れば負担は同じです」

「失礼ながら、大尉は弊社の愛国心をお疑いか？」

朝河社長の目つきが変わった。明らかに侮辱されたと思っている。

「愛国心の問題ではない。Business の問題だ。

あえて愛国心というなら、御社が事業を継続し続けること――それが愛国心となろう。Business と愛国心は矛盾するわけではない。まぁ、必ず一致もしないがな」

さすがの朝河社長も、猪名大尉にそう言われれば、怒りの矛《ほこ》を収めるよりなかった。

「要するに、補助があろうがなかろうが、海軍から出る金には違いがない――そういうことですか？」

「御社から見て、海軍から受け取る物が同じなら、それは同じことですか？」

寺町が朝河社長をただ者ではないと感じたのは、その答えを聞いた時だった。

「違います。なるほど、大尉はそれを仰《おつしや》りたかったわけですな。

確かに我々が自前で設備を更新するならば、それについては我々が自由にできる。しかし、海軍からの補助金を受けるなら、海軍の掣肘《せいちゆう》――いや失礼、指導を受けなければならない。

はっきり申し上げましょう。我々は海軍の指導を求めています。さきほど、軽巡を建造できる施設があると申し上げましたが、軽巡を建造した経験はない。軍艦で建造したのは海防艦だけであり、それとて建造には色々苦労した」

寺町たちが本当に確認したかったのは、そのことだった。造船所にどれだけの施設があるか、それは見れば分かる。分からないのは本当の技術力であり、なおかつ経営者が自分たちの能力をどう理解しているか、その認識だ。

函館造船興業の技術力は、海防艦にも苦労した水準。しかし施設は大型であり、戦艦建造も不可能ではない。技術指導を行えば、大化《おおば》けする可能性は少なくない。

「ところで、御社は鉄工所から始まったとうかがいましたが」

「はい、社史にもあるように鉄工所からです。先代が工兵でしたので」

「溶接技術についても、さぞ高いものをお持ちでしょうな?」

猪名の質問に、朝河社長は深く頷いた。

「アメリカから積極的に技術を導入しておりますので、技術には自信があります。この客船も全溶接で建造しました」

朝河社長は、白い貨客船の模型を自慢げに指さした。

「海軍様には、あまり興味のあるものではないでしょうが、是非、ご覧になっていただきたいものが」

そう言うと朝河社長は、二人を造船所の現場に誘った。もとより、それを調査に来ているのだから断る理由はなかった。

造船所のドックは、もっとも大きなドックが拡張工事中で、完成すれば『重巡洋艦よりも大きな軍艦』でも建造可能とのことだった。

寺町少佐は、その規模の大きさには感銘《かんめい》は受けたものの、朝河社長の説明を鵜呑《うの》みにはできなかった。

ドック建設には然《しか》るべき時間と手間がかかる。酷《こく》な話かもしれないが、実績未知数の造船所で『重巡以上の軍艦』と言われても、海軍とておいそれとは乗れないのだ。

軍艦の建造には、貴重な国税が使われる。だからこそ、いい加減な施設には仕事は発注できない。

猪名大尉も、工事中のドックよりも稼働中のドックをより詳細に観察していた。ちょうど七〇〇〇トンほどのバラ積み船が艤装作業に入っている。

寺町は猪名の「この程度なら確実に建造できるのか」という呟《つぶや》きを耳にした。考えていることは、彼も自分と同じらしい。

朝河社長は、海軍の人間がそうした態度を取ることを予想していたのか、大型ドックの工事現場を紹介しても反応が薄いことにあまり落胆《らくたん》している様子はない。

最後に彼はドックに隣接する一連の工場に二人を案内した。

どこの造船所でも、機関工場や艤装品の加工工場などが併設《へいせつ》されている。そうした工場の中に、それはあった。

「見ていただきたかったのは、これです」

そこは鉄工所だった。造船業に進出する前、先代が始めた鉄工所がそこで、今は拡張されているらしい。

だから新しい建屋の中に、不釣り合いに古い設備の集まる一角があった。そこが旧工場であるという。朝河社長が案内してきたところには、帆布《はんぷ》で覆われた、大きな機械があった。社長が社員に、芝居がかったしぐさで帆布を取らせる。

「これは……？」

そこにあったのは、戦車だった。履帯《りたい》があり、装甲が施され、砲塔がある。

「戦車も造るのか？」

「戦車に似ていますが、陸軍では『重装甲車』と呼ぶようです」

「重装甲車なぁ。陸軍のすることは我々には分からん」

ただ、寺町には朝河社長の思惑は分かる。海軍から受注した仕事だけでは信頼が得られない。だから、自社が陸軍の仕事も受けていることも示し、それで信頼を勝ち得ようというのだろう。

「この重装甲車は、リベットが使われていないようだが、溶接なのか？　それとも装甲板ではなく、普通の鉄板なのか？」

それこそが、朝河社長が尋ねてほしかった質問なのだろう。彼は重装甲車の装甲を手のひらで叩く。

「もちろん装甲車ですので、装甲板です。陸軍の砲兵工廠とも協力して、装甲板の溶接を行いました」

室蘭《むろらん》の日本製鋼所《にほんせいこうじょ》が装甲板を製造しているのは、寺町も知っている。だから、函館の造船所が装甲板の入手をすることは、さほど困難ではあるまい。

「苦労しただろう」

猪名大尉の一言に、朝河社長の顔色が変わった。どうにもハッタリが通用しない男――それが朝河の猪名評らしい。

「簡単に溶接が利くようでは、敵弾が当たった時に心許《こころもと》ないですからな」

「溶接の歪《ひず》みや、ひび割れは？」

朝河社長は、そこで腹を括《くく》ったらしい。

「当初は歪みやひび割れに苦労しましたが、アメリカからの最新の機械を導入したり、溶接棒の改善で、今ではそうした問題は解決いたしました」

「でも、装甲板の溶接なら、歩留《ぶど》まりは悪そうだな」

「それは今後の課題です」

「なるほど」

なんとなく気まずい空気になったので、寺町は話題を変える。

「この重装甲車は、戦車隊に納入するのか？」

「戦車隊の他に、騎兵連隊と輜重《しちょう》連隊に。数と具体的な部隊はご勘弁《かんべん》願いますが」

「戦車隊に納入するなら、やはり戦車じゃないのか？　どう見ても戦車だろう」

「あぁ、まぁそうなのですが。弊社も陸軍のその辺の基準は、分かりかねるのです。『戦車』とすると、戦車部隊にしか納入できず、騎兵連隊や輜重連隊には配備できないらしいのです。『装甲車』にすると、騎兵や輜重にも回せるとかで」

「なるほどな」

馬鹿げた話とは思ったが、では海軍にそういう事例はないのかと言われれば、返答に窮《きゅう》する寺町であった。

「猪名くんは、どう見る？」


ホテルの一室で寺町は、猪名と函館造船興業についての報告書をまとめていた。

「今から着手すれば、四番艦はここで建造できるのではありませんか？」

「新型戦艦の四番艦をかね？」

新型戦艦の一番艦は呉海軍工廠で建造することが決まっていたが、二番艦以降についてはまだ決まっていなかった。

一応、二番艦は横須賀《よこすか》海軍工廠、三番艦は三菱長崎《みつびしながさき》造船所か神戸川崎《こうべかわさき》造船所の名前が上がっていた。だから三番艦、四番艦をこれら二社に委ねるというのが自然といえば自然である。

だが先のことを考えるなら、新型戦艦を建造できる施設は、あと一つか二つは欲しいところだった。その候補が函館造船興業だったのである。

「さすがに四番艦は時期尚早ではないか。戦艦は一朝一夕《いっちょういっせき》に建造できるような軍艦ではなかろう」

「しかし、設備としては戦艦の建造は可能です。なら四番艦の時は、ここに人材を異動させればいいのでは？」

「おいおい、随分、乱暴なことを言うな。そう、おいそれと人が動くか」

「ですが、経済の統制を推《お》し進めれば、こういう結論になりませんか？」

「そういうのを机上《きじょう》の空論《くうろん》というんだ。海軍工廠の人間は海軍の人間かもしれないが、付属品でもなければ、奴隷《どれい》でもない。

　佐世保や横須賀の工員たちにも親兄弟もいれば、生活基盤もあるんだ。海軍が、必要だから函館に移住しろなどと言えるわけがなかろうが」

「駄目ですか、やはり」

「当たり前だ。それにだ、函館に熟練工を異動させたとして、各工廠で抜けた穴は埋めねばならん。

　函館の人間を横須賀なり呉で教育して戻すのが、一番、現実的だろう」

　そう常識的なことを口にしてみるも、猪名相手では、どうも据《す》わりが悪い。この男が何を言い出すかが分からないからだ。

「となると、企業の統制はあまり望ましくはありませんか」

　案《あん》の定《じょう》、猪名は寺町の指摘から、予想外の結論を導く。もっとも、よく考えれば猪名は最初に『統制経済の結論』というようなことを口にしていたが。

「企業の統制は必要だろう。産業資源を効率的に配分するためには」

「市場に任せた方が、効率的ではありませんかね？　函館造船興業が熟練工を高給で雇用するとなれば、生活のため、佐世保や呉からも移住する人間が出るかもしれない」

「だが、そんなことを市場に任せて放置したら、工賃が高騰《こうとう》して、それは建造費に跳ね返る。建造予算を無駄につり上げる結果になるだろう」

「いや、市場に任せればこそ、工賃の高騰は抑えられるんじゃないでしょうか」

「どうしてだ？」

「朝河社長と会ってから、ずっと考えていたんですが、あの社長が、熟練工の工賃が天井知らずで高騰するのを看過《かんか》すると思いますか？　議論の前提は、あくまでも函館造船興業が技術力を向上させる方法としての熟練工の引き抜きをするとしてですが」

「あの社長か……」

寺町少佐には『海軍が補助金を出してくれるか？』という質問が、何より強く印象に残っている。

経営者だから、補助金などを重視するのは理解できる。そういう経営に神経質な男が、青天井で給与を上げるというのは、なるほど考えにくい話ではある。

それに三菱《みつびし》や川崎《かわさき》と比較すれば、函館造船興業の経営基盤は脆弱《ぜいじゃく》だ。熟練工の引き抜き合戦で消耗戦を続ければ、最初に倒れるのはこの会社だ。

「まぁ、消耗戦は避《さ》けるだろうな。そうなると熟練工の給与は下がる。すると多くの引き抜かれた熟練工は元の工場に戻り、熟練工問題は落ち着くところに落ち着く、か。

君の言う、自由市場に委ねるとは、そういうことか？」

「近いですけど、たぶん、そうはならないでしょう。結局それでは、函館造船興業の技術力の問題は解決しない。

他社はともかく、支援する銀行の基盤が弱い函館です。飛躍するには、海軍からの大型受注を受ける必要がある。そのためには技術力を涵養《かんよう》する必要があり、熟練工を確保しなければなりません。でも、必要な数は消耗戦になり、集まらない。なら、どうするか？」

「大手《おおて》の傘下《さんか》に入って、業務提携でもするかな、現実的には」

猪名はそれを聞いて、驚いた表情を見せた。彼は、その可能性はまるで考えていなかったらしい。

「それもありますが……。ただ私が思うに、彼は機械力の大量投入に向かうと思います。熟練工が足りないから、未熟練工でも操作できる機械を導入する。そうすれば生産性は向上し、熟練工に頼らなくて済む。函館では人間を集めるのも、本州ほど楽じゃない」

「機械力で解決するという根拠は、なんだ？」

「クレーンの話です。あの社長は、造船所の能力を人数ではなく、機械力で考えている。だから、アメリカからの技術導入にも積極的なのでしょう」

「なるほどな」

言われてみれば、そのとおりだ。熟練工の少ない北海道で軍艦を建造するとなれば、如何《いか》にして人間を減らし、熟練工に依存しないで済むかを考えなければならない。

「まぁ、機械力で技術力を補うのは可能としても、四番艦を建造できるだけの技術力を蓄積できるかという最初の疑問への回答とするには弱いな。

一番艦の建造は、順調に進めば昭和一二年度中だろう。そうなれば年一隻として、四番艦は昭和一五年度の起工になる。遅くとも一六年だな。

五年から六年で、そこまでいけるか？」

「やりようだと思います。よしんば戦艦の建造が五年では無理としても、他の艦艇の建造なら可能でしょう。

砲熕兵器がハードルとなるならば、大型空母の建造施設にしてもいい。それだけ横須賀なり呉なりの施設に戦艦建造の余裕が生まれます」

「確かに、大型造修施設を増やすというなら、それが現実的か。何か考えているのか？」

「潜水艦母艦なり、水上機母艦を建造させてみてはどうでしょうか？　ただし、第二状態で空母になるような」

「軍縮条約後のことを考えるなら、そんな面倒なことをしないで、直接、空母を建造してもいいと思うがな」

「それは、あとで検討してもいいかと思います。とりあえず大型艦を造らせる。そこで第一段階の経験を積ませる。必要であれば、機械の補助金を出してもいい――ただし、ひとつ条件をつけて」

「条件？」

「完全溶接艦として建造する。先のことを考えるなら、戦艦にも大々的に溶接技術が投入されるはずです。四番艦ではそれがないとしても、五番艦、六番艦ではそうなるかもしれない。なら、その先行投資として――」

「溶接技術の秀《ひい》でた大型造修施設を用意することも無意味ではない――そういうことか」

「今、気がつきましたが、それだけの高い溶接技術があるなら、潜水艦にとっては朗報ではないでしょうか。ドイツのようにブロックごとの生産も可能になる」

「どうかな。鉄材の溶接は可能でも、本邦には溶接可能な鋼材はまだ開発されていないと聞いたことがあるが」

「それも含めて開発させてみては。室蘭には鉄工所もあり、室蘭と函館の間には鉄道があります。

　どうでしょう？」

「どうでしょうって、君は、自分が言ってることの意味が分かってるか？　それは戦艦建造どころの話じゃない。海軍艦艇建造のイロハから変える話だ」

「で、寺町さんの意見は？」

「残念ながら、君の意見には――」

「残念ながら？」

「同意せざるを得ないようだ。君、分かってるか、本気でやるとなれば、赤レンガで戦争だ」

昭和一〇年秋。

直接の関係はないものの、新型戦艦がA－140と呼ばれていることは、谷造兵大佐の耳にも入っていた。

それと同時に、新型戦艦の神通力《じんつうりき》のようなものも彼は感じていた。

遠くの敵を発見する電波兵器は『電波探信儀《でんぱたんしんぎ》』という名前がついたが、これがA－140がらみとなると、予算だけでなく、実験手配も嘘のように順調に進んだ。

それは、谷造兵大佐が無茶な要求はしないことも大きかったが、それでも実用試験ともなれば艦艇を動かさなくてはならず、艦隊なり警備隊に筋を通す必要があった。

普通はこれが結構、面倒なのだが、兵備局の寺町少佐を介して行うと、すべての手配が順調に進んだ。

もっとも、それを喜んでばかりいるほど谷造兵大佐も子供ではない。海軍省が便宜《べんぎ》を図ってくれたのは、相応に成果を出す責任があるということだ。

実際、谷大佐にとって、喜んでいられる話ばかりではなかった。技研や電気部での彼に対する視線には、厳しいものがある。

要するに嫉妬《しっと》である。

『今度、どうすれば予算を優先的につけてもらえるのか、一科主任に教えを請《こ》いたいものですな』程度の嫌味は、日常茶飯事《さはんじ》といっていい。

彼らの嫉妬の理由も、分からないではない。電波兵器のような、役に立つかどうかも定かでない兵器に予算が付き、自分たちの、より堅実《けんじつ》な研究は冷遇《れいぐう》される。

材料の入手一つとっても他部門が盛んに代用品の

使用を奨励《しょうれい》されている中、谷造兵大佐の部門だけは――電気部が使用するニッケルや銅の量など高《たか》が知れていることもあるが――優遇されていた。

そうしたことの積み重ねが嫉妬につながるのは、迷惑だが避け難いのも海軍という役所の仕事というものだ。

確かに自分も、寺町がやってきたことによる幸運の要素は否定できない。

だが、その幸運を最大限に活用したのは自分の采《さい》配《はい》であるし、何より実験で兵備局を納得させたのは間違いないのだ。

ただそれは、谷造兵大佐にとっては、ある意味で状況を困難にしていた。

電波が戦艦で反射されることを立証する程度のことは、彼自身も可能であるという予測は立っていた。

だから兵備局の寺町少佐に実験を見せることには、不安はなかった――あの時点においては。

しかし、予算が出て研究が進めば進むほど、電波探信儀に対する要求仕様は高くなる。最終的には五〇キロ先の戦艦の位置を特定できる必要がある。それも、実験室的なレベルでは駄目なのだ。あくまで電波兵器として完成させなければならない。それは、信頼性を高めると言い換えてもいいだろう。

果たして、それは可能なのか？　谷造兵大佐は、実験がハードルを一つクリアするごとに不安になる。

「おはようございます」

「あぁ、おはよう」

実験のために借りた敷設《ふせつ》艦には、すでに若い技術者たちが集まっていた。優秀な若者たちで、谷が大学や企業で見込んだ人間を海軍の人間として雇用する形で給料を支払っていた。

海軍の傭人《ようじん》（民間人）であり、海軍の職員ではない。その辺の人事も寺町を介して、海軍省人事局にかけ合ってもらっていた。

庸人として谷の下で働いているのは一〇人。それ以下では、将来的な研究開発の拡張時に幹部となる人間が確保できない。

さりとて一〇人以上を雇うにしても、現時点ではさせる仕事がない。今は一〇人程度が適当だ。

これとて技研では、ずいぶん反感を買ってしまった。技研の人事部の頭越しの決定であり、他部門から見れば、谷造兵大佐の暴走にも見えるだろう。

実際、苦情も多い。彼自身も他部門の若い奴から『異動したい』と相談を受けたほどだ。さすがに、それは断った。

そもそも谷が外部から人材を雇ったのも、他部門の人材を奪うことで、これ以上の反感を買うのを避けるためだ。しかし、逆にそれで反感を買っているのだから、世話はない。

だが、谷造兵大佐はこのことを悔いてはいないし、やめるつもりもない。新型戦艦に便乗していると陰口を叩かれようとも、彼は電波探信儀が海軍にとって必要な発明だと確信しているからだ。

よしんば新型戦艦にとっては無用の長物《ちょうぶつ》になっても構わない。肉眼で見えない敵を電波で捉《とら》える装置は、海軍にとって不可欠な戦力になるはずだ。

そのためには、数多くの人材が必要になる。今、彼の下で、破格の厚遇《こうぐう》で働く若者たち——彼らを雇っているのも、次に彼らが次世代の人材を育成すると信じているからだ。

その意味で、谷造兵大佐は機械ではなく、人材を造っていた。

天候は穏やかだった。気象庁に確認して、そういう日を選んだのだ。将来はともかく、今は装置類は波浪《はろう》の中には出せない。

敷設艦を選んだのは、後甲板《こうかんぱん》が比較的広いことと、機雷の格納庫に実験機材を配置できるためだ。

後甲板には、櫓《やぐら》のようなものが組まれ、その櫓の上に複数の八木アンテナが並べられた金網《かなあみ》のようなものがあり、それが櫓の上で回転した。

機雷の格納庫の実験装置は、その八木アンテナの向いている方向が表示板で読み取れるようになっている。

今回の実験が重要なのは、ひとまとまりのコンポーネントに組まれた最初の実験機であることと、初の船舶搭載の洋上実験であることだ。

今回の実験が成功すれば、電波探信儀が船舶に搭載可能であることが証明できる。

船舶に搭載可能なことぐらい、敷設艦を借りてまで実験するまでもない。それは考えれば分かる。

しかし、違うのだ。自明に見えることでも、実際に船舶に乗せて作動することを証明しなければ、海軍省は納得しない。技術者としての自分もまた、納得できない。

実際、穏やかに見える波でも、何度か八木アンテナが水を被りそうになった。こんなことでも、いざ実験するまでは分からないのだ。

実験は海事を管轄する逓信省《ていしんしょう》にも許可をもらっている。それは一般航路の船舶を実験に利用するためだ。だから海軍の敷設艦といえども、航路の規則には従わねばならない。

法治国家では、海軍だろうが傍若無人《ぼうじゃくぶじん》に振る舞えるわけではないのである。

実験自体は単純だ。電波探信儀に反応があったら、その方向に移動し、船舶を視認したら、それを追尾し、電波探信儀の測定結果と照らし合わせる。

有視界なら電波探信儀は必要ないが、この実験は方位と距離の精度確認にある。また、多数の船舶が航行する航路での電波探信儀の反応を確認する目的もあった。

精度に拘るのは、電波探信儀の地上での予備実験では有視界で確認できる船舶を探知するのが通例なのだが、時に船舶が見えないのに反応があった。

どういう条件で探知距離が水平線の彼方まで伸びるのか？　それが分かれば五〇キロ離れた水平線の彼方の敵艦を発見するという最終目的は達成できる。

「主任、電波探信儀に反応です！」

沖合に出て、すぐに反応があった。

「距離は安定しませんが、方位はおおむね、この方角です」

「面白くないな」

見張員は、船舶の姿を捉えていない。だから大型船舶がいるのは、水平線の彼方だ。しかし、距離が安定しないというのは、電波兵器としては問題だった。

担当者はダイヤルを調整し、なんとか距離を安定させようとするが、うまくいかない。合わせたと思っても、すぐに数キロはずれてしまう。

そのダイヤルの操作を見ながら、谷造兵大佐は気がついた。

「まさか！」

彼は、急いで後甲板に駆け上がる。彼の姿を認めて、実験スタッフの見張員は言う。

「船影はありません！」

「分かってる！」

彼は双眼鏡を上に向ける。そこには、自分たちの艦を演習の仮の標的とでもしたのだろうか――双発機が真っ直ぐに飛んでくるのが見えた。

双発機は、そのまま敷設艦の直上を飛び抜けていった。

「そうか……飛行機も探知できるんだ」

谷造兵大佐は、こんな単純なことに気がつかなかった己の不明が信じられなかった。

# 新戦艦〈大和〉
## 発進編

艦政本部

四章

# 新型戦艦・機密漏洩

海軍

昭和一一年春。

海軍省兵備局の猪名少佐は、その時、横須賀にいた。

海軍省・軍令部の人間にとっては、昭和一〇年は悪夢の年であった。九月の台風によって起きた大規模海難事故――第四艦隊事件の後始末《あとしまつ》に忙殺《ぼうさつ》されたからだ。

海軍艦艇の強度や復元性については、〈友鶴〉転覆事故により対策に着手していたが、その衝撃もやまぬうちに第四艦隊事件は起きてしまった。

この事件の影響は小さくなく、A－140の設計に関しても見直しが行われたほどだ。修復工事の必要な艦艇のリストアップや修復工事の優先順位など、一連の諸策《しょさく》を手配し終えた頃には、年が改まっていた。

そうした混乱を縫《ぬ》うように、その実験は行われた。

「おはようございます」

そう言って先に猪名少佐に挨拶をしてきたのは、谷造兵大佐であった。猪名もすぐに挨拶を返す。

技術士官とはいえ、あちらは大佐――しかし、電波探信儀開発に関して寺町少佐（最近は昇進して中佐）や猪名少佐からの支援が大きいため、力関係では猪名が上だった。

もっとも猪名少佐には、そういう自覚はなかったが。

「主任までいらしていたとは。しかし、まぁ、当然か」

猪名少佐は言う。

「一応、関係者ということで」

「もしかして、〈那珂《なか》〉に電波探信儀が搭載されているとか？」

「いえ、それはありません。試験的に〈榛名《はるな》〉に搭載する予定はありますが、まだ先です」

「そうですか。なら今回は純粋に水上戦闘機の試験だけですか」

軽巡洋艦〈那珂〉は第四艦隊事件の関係で、構造重量の軽減と船体強度の改善を行うため、横須賀海軍工廠に入っていた。

隷下《れいか》の部隊からは編成を解かれており、その意味では比較的、自由に動かせる。今回のように秘密を要する実験では、こうした軍艦の活用は不可欠だった。

軽巡洋艦〈那珂〉には射出機《カタパルト》が装備され、通常は水上偵察機が搭載される。だが今回は、それとは違う機体が載せられていた。

実験ということもあり、機体の色は練習機のように塗装されていた。全金属単葉の双浮舟機《そうフロート》。

制式化されてはいないため、名称はただ水上戦闘機とあるだけだ。母体は海軍の最新式の戦闘機である九六式艦上戦闘機《きゅうろくしきかんじょうせんとうき》である。

この九六式艦上戦闘機の固定脚にフロートをつけたのが、この水上戦闘機だ。猪名少佐が、この場に谷造兵大佐がいることを当然と考えたのには理由がある。

この水上戦闘機開発計画こそ、谷造兵大佐の電波探信儀の開発がなければ生まれなかった構想だからだ。

そもそもは、A－140の主砲は射程五〇キロにもなるかもしれない――という話から始まった。水平線の彼方の敵を早期に発見できれば、完璧なアウトレンジが可能だ。

そのために電波探信儀開発の予算が認められ、実際、試験機は着実に性能を上げていると『報告されて』いた。

その実験の中で、電波探信儀が戦艦のような巨艦だけではなく、航空機にも反応することが明らかになった。

この事実は、軍令部や海軍航空関係者を最初は当惑させ、やがてそのことの意味が理解されるにしたがい喜ばせた。

　空母部隊については、搭乗員から『電波探信儀の空中線《アンテナ》は離発着の妨《さまた》げになる』という意見やお馴染みの『闇夜に提灯』論もあり、そもそも本来の用途の電波探信儀が開発途上なので、それ以上の進展はなかった。

　だが、基地航空隊の反応は違っていた。電波探信儀の空中線など、飛行場の空《あ》いているところに置けばいい。『闇夜に提灯』論にしても、すでに基地の場所が明らかなら、今さら電波を出したところでなんの痛痒《つうよう》もない。

　それよりも、敵の奇襲を阻止《そし》できる点に遥かに価値がある。

　こうした観点から、鎮守府《ちんじゅふ》の警備部などが、電波探信儀開発に協力する姿勢を示していた。

　こうした追い風の中で、新型戦艦の関係者の中でも電波探信儀に対する認識は着実に変化していた。

　現実問題として、水平線の彼方の相手をアウトレンジから攻撃する点では、関係者も漠然《ばくぜん》としたイメージしかなかった。

　あくまでも有視界の戦闘で我は攻撃でき、彼は攻撃できない間合いでの砲戦だけを考えていた。

　それが電波探信儀の登場で一変した。水平線の彼方からのアウトレンジ砲撃は、戦術的実用性や妥当性の検討から導き出されたものではなかったが、そのビジョンは関係者を魅了《みりよう》していた。

　圧倒的に有利な立場での攻撃は、戦力でアメリカに劣るからこそ、絶対的に必要と感じられたのだ。

　この影響をもっとも受けたのが、航空兵装だった。水平線の彼方に敵を発見したならば、観測機で精度の高い砲撃を行う。そのためには、航空兵装の充実が必要と考えられた。

　さすがに関係者も、電波探信儀により水平線の向こうの相手を撃沈する——というような虫のいいことまでは考えていなかった。それは電波探信儀の技術的問題から認識しているのではなく、単に電波探信儀がそこまで信用されていなかったからだが……。

この航空兵装問題は、電波探信儀が航空機も探知できるという報告から、さらに修正を加えられた。

つまり、敵の索敵機をこちらが先んじて発見し、攻撃することが可能となるのだ。そうなれば、こちらの優位は一層高まる。

ただ問題は、どうやって敵の索敵機を攻撃するか？　そこにあった。

当初は、空母と行動を共にするという案があったが、それは非効率と判断された。

そうした中で考えられた結論が、水上戦闘機である。これは九六式艦上戦闘機の成功という前提があればこそ生まれた発想だっただろう。

固定脚の九六式艦上戦闘機なら、双フロートにしても性能はさほど低下しないだろうという考えだ。

また水上戦闘機を搭載できるなら、敵陣に観測機を送り出しても、敵戦闘機からそれを守ることができる。

こうした運用から、水上戦闘機は航続力と速力は犠牲《ぎせい》にしつつも、火力の増強は求められていた。機銃二丁を四丁に倍増し、搭載弾薬数も増やすのだ。

そうしたことを考えれば考えるほど、新型戦艦に水上戦闘機を搭載することは魅力的に思えた。

具体的な航空兵装は固まっていないものの、艦政本部はカタパルト一基に長門型戦艦より多い艦載機四程度を考えているのに対して、軍令部はカタパルト二基に艦載機八を主張。そのうちの四機は、水上戦闘機とすることを求めていた。

この構想の妥当性を検証するために、今、水上戦闘機は飛び立とうとしていた。

実験海域に到達し、軽巡洋艦〈那珂〉の指揮所から発艦許可が降りる。すぐに火薬の爆発音を轟かせ、水上戦闘機は飛び立った。

猪名少佐はその光景を観察していたが、谷造兵大佐が見当たらないことに気がついた。ふと思いついて、彼は〈那珂〉の通信室に向かった。

果たして谷造兵大佐は、そこにいた。

『本機は軍艦〈那珂〉の左舷三〇度を飛行中』

スピーカーからは比較的、明瞭《めいりょう》な音声が流れていた。先ほどの水上戦闘機のものだろう。

「こちらにいらしたんですか?」

「あっ、はい」

谷造兵大佐も、猪名少佐がこんな所にまで来るとは思っていなかったらしい。

「航空無線電話の実験です。航空廠と共同開発といいますか……」

航空本部が航空機無線の開発に関わっていたとしても、それは猪名にしてみれば当然のことと思う。

だが谷造兵大佐としては、電波探信儀以外の仕事をしているのを見られるのは、それに専念していないと解釈されるかもしれない——そんなことを危惧《きぐ》しているらしい。

「新型の無線電話ですか」

「いや、これも電波探信儀に必要なことです」

谷造兵大佐は、意外なことを言い出す。

「軍令部の出雲中佐からの要望というか、質問がありまして」

「出雲さんが?」

「軍艦が電波探信儀で敵機を捉えたとして、それを確実に戦闘機に伝達できるのか? と」

それは無線電話で解決するだろうと、猪名は思ったが、あるいは出雲中佐は、電波探信儀と無線電話の電波干渉でも心配したのか。

だが、それは違っていた。彼の要望は、もっと切実だった。

「不勉強ながら、小職《しょうしょく》も最近知ったのですが、航空機用無線電話の音質は非常に悪かったのです。無電はいいのですが、無線電話はよくない」

「分からなかったんですか？」

「無線電話単体では問題はなかったので。それ単独で試験をしても不都合はありませんでしたから」

「つまり、飛行機に実装して、音質が悪くなった？」

「まぁ、結論を言えば」

谷造兵大佐は歯切れが悪い。

「航空本部と共同研究になったのも、この問題――重要な問題ではあるのですが、主務者がいないのですよ」

「主務者がいないとは、航空本部は違うのですか？」

「大局的には航空本部ですが、そういう次元の話ではなく、実務作業の話です。

たとえば、我々は無線電話を開発する。単体では正常なことを確認して納入する。発動機も単体では正常なことが確認されて工場から納入される。それで、無線電話や発動機が機体に取り付けられる。すると発動機の電気的な雑音《ノイズ》で無線電話が使い物にならない。

無線電話の音質の問題は、単純化すればこういうものなのですが、この問題解決に誰が責任を持つべきだと思いますか？」

「機体担当者かな？」

「飛行機で一番大きな部品は機体ですが、機体が飛行機のすべてではない。人間でいえば、首と胴体を切り離して、どっちが本質か？　と議論するようなものです。

人間は首も胴体も切り離せないのと同様に、飛行機も機体や発動機や無線電話などを同等に見て、全体を調整する人間が必要なわけです」

「なるほど。なら、どうやって解決したんですか？航空本部から主務者を出した？」

「まぁ、それができればいいんでしょうが、航空本部と三菱の関係も微妙でして、簡単に指導するわけにもいかないようです。なので、搦《から》め手《て》でいきました」

「搦め手？」

「水上戦闘機のもっとも大きな部品が九六式艦上戦闘機です。その部品を活用して、水上機メーカーの川西航空機《かわにしこうくうき》が水上戦闘機を開発しました。川西には、菊地《きくち》だか菊原《きくはら》だか、けっこう物の分かる技術者がいて、彼が全体のコーディネートを担当してくれました。

　こう言うと簡単に聞こえますが、航空本部の方も色々と大変だったそうです」

　谷造兵大佐も、色々と吐き出したいことがあったのだろう。彼は知る範囲内で事の顚末《てんまつ》を饒舌《じょうぜつ》に語ってくれた。

　猪名少佐は、谷の話を聞きながら、この問題の本質は何か――それを考えていた。


　昭和一一年一〇月、艦政本部がＡ－140に関する設計案をまとめ、それは海軍高等技術会議にかけられた。

　主砲をどうするのか、主機は予定どおりの性能を出すのか？　電波探信儀はどうするのか？　――数々の疑問と調整がなされ、海軍高等技術会議に提出された時は、基本図面はＡ－140Ｈ３となっていた。それだけ多くの派生案が検討されてきたのである。

　Ａ－140Ｈ３は海軍高等技術会議で了承され、艦政本部は早速、その詳細設計に着手した。

　寺町中佐も猪名少佐も、兵備局としてはこれで小休止がつけると思っていた。だが、一二月になって、まったく予想外の事態が二人を襲った。

　それは通常のルートとは、まったく別のルートからの報《しら》せで、函館の朝河社長からもたらされた。

『弊社と取引のある室蘭製鋼所《むろらんせいこうじょ》の技師長が、憲兵に機密漏洩《ろうえい》容疑で逮捕されました！　彼がいなければ、建造工事ができません！』

函館造船興業には、潜水艦母艦を完全溶接工法で建造させていた。第二状態で空母になるような母艦ではなく、水上機母艦と輸送艦の両方の任務に対応できる船だ。

逮捕された技師長は、溶接可能な特殊鋼の開発を行うほか、海軍関係の艤装品製造にも関わっている人間だった。

一人が多くの仕事を抱えている関係で、彼が抜けると多くの作業が滞《とどこお》る。

猪名は、自分が行くと言ったが、そこは寺町が行くことにした。すでに彼も軍令部兵備局首席課員であり、憲兵と喧嘩《けんか》するなら押し出しでは自分の方がいい。

それに、今ここで猪名少佐を余計なことに巻き込みたくないという気持ちもあった。

朝河社長の話では、問題の機密漏洩とは、呉で建造予定のA－140に関するものであるらしい。

兵備局長は、寺町の出張申請を渋った。この大事な時期に、海軍省が憲兵がらみの厄介事《やっかいごと》に関わりたくないためだ、と寺町は解釈した。

ただ兵備局として、室蘭製鋼所の技師長が身柄を拘束され、海軍の出師準備を遅らせるようなことは看過《かんか》できなかった。

こうして押しきるかたちで、彼は北海道《ほっかいどう》に向かった。途中の電話報告で、彼は兵備局長より、問題の技師長が旭川《あさひかわ》に移送されたことを知った。

鉄道と船を乗り継ぎながら、寺町中佐は違和感を覚えていた。まずおかしいのは、憲兵隊はどうやって、どのような機密の漏洩を知ったのか？

考えれば考えるほど、おかしい。なぜなら、憲兵がA－140の情報を機密漏洩と判断するということは、憲兵がすでに『海軍のA－140建造計画は軍機』だと知っていることになる。

海軍の最高機密である。それは、相手が憲兵なら漏れてもいいということにはならない。非常に不愉快な想像は、海軍の何者かが意図的に憲兵に情報を流した場合だ。

そんなことをして、誰にどんなメリットがあるのか分からないが、容疑者がわざわざ旭川に移送されたことも含め、どうも動きがおかしい。

話を大きくしないことを条件に、寺町だけの出張ということで認めてもらったものの、単独行動は失敗だったたか。

実をいえば、海軍省そのものにも疑念があった。兵備局長は、どうして寺町の出張を渋ったのか？その割に、問題の技師長が旭川に移送されたことを把握《はあく》しているのは、なぜか？

もしも自分が出張しなければ、どういう形で事態は動いたのか？


旭川駅に着いて寺町が驚いたのは、憲兵隊が迎えの自動車を出していたことだ。東京瓦斯電気工業《とうきょうがすでんきこうぎょう》の『ちよだ』六輪乗用車なのは、雪国であるためか。ただ駅周辺は、薄い雪化粧があるだけで、あちこちに土が見えている。

「寺町首席課員殿でありますか？」

下士官らしい憲兵が、そう尋ねる。内陸の旭川で海軍将校の姿は目立つ。彼以外にはいない。

「いかにも寺町だが、なぜ知っている？」

「自分はお迎えにあがっただけで、詳細は存じません！」

知っていたとしても、教えてはくれないだろうと、寺町は諦める。あまり考えたくないというのもある。彼が旭川を目指すことを知っているのは、彼に技師長が旭川にいると教えてくれた何者かとつながりがある人物に他ならない。

自動車は、あたかも旭川の道路を占領しているかのように進んでいた。ほどなくして憲兵隊司令部に案内される。

寺町はそこで、迎えの自動車は決して彼らの好意などではなく、海軍将校を自分たちの管理下に置きたいという意味だと気がついた。

気がついた時には、すでに司令部の一室に案内されていた。海軍中佐であっても、憲兵隊の司令部は居心地《いごこち》のいいものではない。

室内は応接室ではないものの、達磨《だるま》ストーブに石炭が焚《た》かれ、冬の北海道にも拘わらず、暑いくらいだった。

「お待たせしました」

現れたのは少佐の徽章《きしょう》をつけた憲兵だった。彼はその場の他の人間に下がるように命じて、寺町と二人だけになった。

「うちの連中は信用がおける人間ばかりですが、まぁ、海軍の最高機密の話ですので、我々だけで話しましょう。よろしいですか？」

憲兵とは鬼より怖いと聞かされていたが、その憲兵少佐は快活《かいかつ》な人物だった。

その物腰から、この憲兵少佐も自分と同様、都会の裕福な家庭で生まれたのではないかと寺町は思った。

「それで首席課員が、ここをお尋ねになったのは、例の技術屋のことですね？」

「そのとおりです。彼は製鋼所で重要な人物であり、彼がいなければ出師準備にも影響します。

あなたも陛下《へいか》の憲兵なのは理解しているが、私も――」

「まぁまぁ、そう大袈裟《おおげさ》に考えないで下さい。いや、我々も件《くだん》の技術屋の処遇には、正直、苦慮《くりょ》していたんです。

ここだけの話、末端の憲兵が先走ってしまった。その憲兵にしてみれば一罰百戒《いちばつひゃっかい》のつもりだったのでしょうが、相手が何者かを判断できなかった。

どうも昨今《さっこん》は、憲兵という重責を理解できずに役人風を吹かすことだけを覚えた者が多くて困ります」

憲兵少佐の応対は、寺町がイメージしていた憲兵の姿とは随分《ずいぶん》と違っていた。それだけに戸惑う。

「そもそも、海軍の重要機密を漏らしたというのが検挙の理由ですが、我々としては判断のしようがない。

理由はお分かりでしょう。我々は、その海軍の重要機密を知らんのです。ゆえに、機密が漏れたかどうかも判断できない。にも拘《かか》わらず、検挙してしまった」

「それなら、すぐに釈放《しゃくほう》してしまったら？」

「そうもいきません。該当者《がいとうしゃ》の社会的立場と海軍の重要機密となれば、形だけでも取り調べや調査が必要です。

憲兵に恣意的《しいてき》に検挙された――そういう印象を国民に持たれては困るのです」

「なるほど。

それで技師長は、どういう状況で、どのような情報を漏らしたのですか？」

「居酒屋で同僚に、海軍が建造しようとしている新型戦艦は、排水量五万四〇〇〇トンで、四〇センチ砲一〇門搭載である、と語ったそうなのです」

血の気が失せるというのが、どんな状態か。寺町中佐は、それを実感した。今の話は、海軍高等技術会議で先日、承認されたA－140H3の諸元そのものだ。排水量に若干の違いはあるが、長砲身四〇センチ砲一〇門なのは間違いない。

四五口径四六センチ砲にするか、新理論による五〇口径四〇センチ砲にするかは、最終段階まで議論が続いた問題だ。

それなのに、どうして室蘭の技師長が知っている

のか？

「どうやって、彼はそれを知ったのです？　海軍から製鋼所に漏らした人間がいるということですか？」

寺町にとっては、それがもっとも問題となる部分だ。

「それがですね、本人が言うには、海軍から発注された艤装品の大きさから割り出したそうで」

「艤装品の大きさぁ？」

「小職も、造船のことには詳しくないのですが、海軍では室蘭の製鋼所に重要部品を発注することがあるとか？」

「そういう部品も、確かにありますが」

「技師長が言うには、これだけ大きなものは軍艦に違いない。しかも、〈長門〉用に発注された艤装品より大きいということは、海軍が新規に建造する戦艦に違いない。

〈長門〉が四〇センチ砲八門なら、新戦艦はそれ以上の火力のはずだから四六センチ砲か四〇センチ砲のいずれか。だが四六センチ砲なら戦艦は巨大になり、そんな巨艦を建造できる施設は日本にはないから、主砲は四〇センチ。ならば主砲は四〇センチ砲一〇門であり、それだけの火砲を搭載するなら排水量は五万四〇〇〇トンになる」

「それを、彼一人で割り出した？」

「本人は、そう主張しております」

寺町中佐は、この事実をどう解釈すべきか分からなかった。技師長が語った話こそ、軍令部、海軍省、艦政本部でのやりとり、そのままだ。

数字に関していくつか間違いはあるが、それは些《さ》末《まつ》なことだ。重要なのは、基本的に彼の論理が理に適《かな》っていることだ。

しかしながら、これは新型戦艦建造に関わる人間にとって重大な問題だった。公開された情報と緻密《ちみつ》な論理の組立から、機密の真相に迫る人間がいる。

彼のような人間に対して、機密保持など無意味だろう。

というか、論理的に導ける情報を、無理に機密にして管理を煩雑化《はんざつか》させることに意味があるのか？いやない。

論理の積み重ねで割り出せる真相を秘密にして、ありがたがるなど、愚か者《おろもの》の所行《しょぎょう》であろう。むろん海軍組織の慣行は、愚行《ぐこう》であっても続けることになるのだが。

寺町中佐は、技師長に会うことは叶わなかったが、彼が必要な人材であることは告げ、憲兵少佐の質問にもいくつか返答した。

それから数日して、朝河社長から寺町に対して、技師長が釈放された旨の報告があった。ただ、事件の反動から、室蘭界隈《かいわい》では『軍艦』という言葉を口にすることさえタブーになっているという。

あの憲兵少佐は一罰百戒と言っていたが、あるいは、それが真の目的なのか？　結局のところ、憲兵隊がなぜ知ったのか、海軍との関係は何か、それらについては何も分からない。

そうして年が改まった昭和一二年一月。寺町は兵備局長から、異動の内示を受ける。それは、彼が駆逐艦〈朝潮〉の艤装委員長になるというものだった。

この時期に、建造中の駆逐艦の艤装委員長を交替させるというのは異例のことだ。

また駆逐艦〈朝潮〉が、新型戦艦建造のための技術試験艦という側面を持っているにせよ、海軍省兵備局の首席課員が、駆逐艦の艤装委員長——つまり、艦が完成したら艦長になる——というのも、異例のことだった。

一国一城の主は胸を張るべき役職ではあるが、海軍官僚のキャリアからいえば、格下とみられても仕方がない。寺町のキャリアでは、軍艦の砲術長か、さもなくば大佐に昇進して、軍艦の艦長になるのが普通だ。

そもそも、今はA－140が詳細設計に入り、年内には起工しようという時だ。そうした点からいっても、異動はありえない。

その疑問を率直に告げた寺町中佐に、兵備局長は残念そうに告げる。

「憲兵が狡猾《こうかつ》なのか、君が不注意だったのか――ともかく、状況は難しいことになっておる」

「どういうことでしょうか？」

「私がどこから、どうやってこの話を聞かされたか、それは君も知らない方がいいだろう。一言だけ言うならば、万人《ばんにん》がA－140の建造を喜んでるわけではないということだ」

「それはアメリカかどこかが――？」

「いっそ、アメリカなりイギリスなら、話はずっと単純だ。私の言っているのは、日本国内の話だ。

要するに、戦艦建造には多額の国費がかかる。多額の国費が動けば、利害も絡む。それに、A－140の現設計を誰もが納得しているわけではない。

まぁ、そんな話はどうでもいい。問題は、君が憲兵相手にA－140の性能を口外《こうがい》したことだ。排水量、主砲の数――そうした基本的な数字をだ」

「しかし、それは――」

「技師長を解放するため、というのだろう。それは分かる。分かってはいるんだ。だから、君が身柄を拘束されたり、起訴されるようなことはない。しかしながら、機密の漏洩という話を厳格にすれば、部外者に情報を漏らしたのも事実だ。

君は海軍省兵備局の首席課員だ。責任はないとなれば、示しがつかない。分かるかね」

「だから局長は、私に行くなと？」

「誤解してはならん。一連の流れは、偶発的な出来事が連鎖《れんさ》して起きたことだ。不愉快な部分は、君が憲兵に会ってから始まったといえる。君を陥れるための動きではない。君を守るために、そしてA-140の建造を遅らせないために、異動が最善の策なんだ」

「どこの誰かは存じませんが、借りを作ってしまったわけですね」

「そうじゃない。君の異動で貸し借りなしだ。A-140の建造に憲兵が出てくること自体、異常なことなんだからな」

こうして寺町中佐は、駆逐艦〈朝潮〉の艤装委員長となった。


心配された臨時機関調査委員会のタービン翼《よく》の問題も、特殊な条件による共振ということで、A-140に搭載する高温高圧機関には影響しないことが確認された。

昭和一四年一月には寺町中佐も、駆逐艦〈朝潮〉の駆逐艦長職に思った以上のやりがいを感じ始めていた。

正直、海軍省兵備局から異動になった時は、平静《へいせい》だったといえば嘘になる。しかし、駆逐艦〈朝潮〉の主砲が、A-140の主砲の理論で開発されたことや、それが対空戦闘に大きな可能性を持つことが分かると、彼は砲術の専門家として、そこに面白さを認めた。

それに、なんのかんの言っても一国一城の主である。艦を任されたことは、皮肉でもなんでもなく、自分の人間的な成長が促されてきたと感じていた。

海軍省兵備局よりも何倍もの部下を持ち、束《たば》ねていく——今こそ自分は海軍の人間だと、寺町中佐は実感していた。

もっとも、幸か不幸か彼には昇進の内々示がでていた。大佐になり、駆逐隊司令か、巡洋艦もしくは何かの母艦の艦長という人事案が出ているらしい。

駆逐艦ではなく、軍艦の艦長へ。その人事については、かつての上司であった兵備局長が、人事局に働きかけてくれたとの噂も耳にしている。

兵備局長自身にとっても、寺町中佐の異動は不本意なものであり、それを為《な》さねばならなかったことに彼自身も忸怩《じくじ》たる思いを抱いていたのかもしれない。

わだかまりは寺町には、すでにない。むしろ、一年も自分を思っていてくれたことに素直に感謝した。

寺町中佐としては、異動するとして、何になりたいのか、それには迷いがある。水雷屋ではない自分が駆逐艦四隻を束ねる駆逐隊司令というのは、場違いな気もする。ただ彼には、駆逐隊にも大きな興味があった。その理由は、新型のD型砲塔にある。

『〈蒼龍〉より入電! 敵航空隊、右舷三〇《うげんサンマル》度より接近中、距離二〇《フタマル》キロ!』

駆逐艦〈朝潮〉と僚艦駆逐艦〈霞《かすみ》〉のスピーカーが状況を伝える。それに呼応するかのように、二隻の駆逐艦の三基六門の主砲が、一つの方向に向いていく。

砲術長より発砲命令が出ると、それらからは次々と砲弾が撃ち出された。砲撃は一分間続いたが、その間、発射速度はまったく変わらなかった。

『合戦《かっせん》やめ!』

寺町駆逐艦長の命令が、スピーカーより、艦内に響き渡る。

「なかなかの成績ではありませんか?」

双眼鏡を覗きながら、山代《やましろ》砲術長が寺町駆逐艦長に意見を求める。

「まったくだな」

寺町駆逐艦長の返事は短かったが、それで十分だった。無線操縦の標的機が曳航《えいこう》する吹き流し（無線操縦の標的機は高価なので、直接の標的にはできないのだ）は、見事に粉砕《ふんさい》されていた。

一年前の対空戦闘の水準とは隔世《かくせい》の感がある。

もっとも今回は、二隻で狙ったことも大きいが。

「Ｄ型砲塔に関しては、実用化の水準に達したといえますな」

「そうだ。よくぞ一年足らずで、ここまで完成させたものだ」

九七式一二・七センチ砲は、画期的な火砲であったが、潜在的には対空戦闘に用いるには完成すべき周辺機器の遅れが目立っていた。

そうした意見具申《ぐしん》を寺町は続けていたが、それは艦政本部にも届き、新設計のＤ型砲塔となって結実《けつじつ》した。

実際には寺町が意見具申をする前から、艦政本部内ではＤ型砲塔の研究は進められていた。

この一二・七センチ砲の性能に感銘《かんめい》を受けたのは、寺町たちだけではなかったのだ。もちろん駆逐艦〈朝潮〉の運用成績は大きな影響を与えていたが、開発から装備まで一年でできたのは、先行研究があったおかげだ。

この火砲と新型砲塔の存在は、艦政本部や軍令部にも少なからず作用していた。その種のいくつかは、兵備局時代の寺町が撒《ま》いたものだが。

一つは、函館造船興業の朝河社長と兵備局の猪名少佐の発案で出たものだ。

溶接技術には定評のある同社は、二等駆逐艦を提案していた。溶接で船体各部を並行して量産し、最終的に結合する――のちにブロック工法と呼ばれる建造法による駆逐艦だ。

排水量は一五〇〇トン程度であるので、構造に無理がなく、Ｄ型砲塔を搭載することで、汎用性も高い。

そして決定的なのが、この二等駆逐艦の速力は機関の関係で三〇ノット以下、なおかつ水雷兵装を全廃していた。

見方を変えれば、魚雷を積まない駆逐艦なら、過度の速力も不要で、魚雷がない分だけ小さくできるわけである。

二等駆逐艦とはいえ、魚雷を全廃したこの駆逐艦には、当初、非難が殺到した。『卑《いや》しくも駆逐艦を名乗る艦艇が、魚雷なしとはどういうことか！』

だが猪名少佐は、身も蓋《ふた》もない正論で反論する。曰《いわ》く、二等駆逐艦は溶接の全面採用で量産が可能だが、それらに搭載できるだけの魚雷や魚雷発射管を量産できるのか？　と。

実際、これは痛い指摘だった。日本海軍は魚雷を重視していたが、生産量には限界があった。

魚雷を搭載できるすべての艦艇に魚雷を二回搭載するだけの魚雷備蓄を整備するのが海軍の目標でありながら、その水準もいまだ達成できていないのが実情だった。

それを考えるなら、量産した二等駆逐艦にまで魚雷を装備するのは困難だろう。さすがに爆雷は搭載するのだが、この二等駆逐艦は防空と対潜を重視する汎用艦の性格を強く持つものとなった。

実は軍令部側の二等駆逐艦に対する反対論は、それほど強くはなかった。

二等駆逐艦は主に鎮守府《ちんじゅふ》の防備隊などに配備されるから、魚雷を連合艦隊と取り合うような事態は避《さ》けたい。

それに砲火力からいえば、哨戒艇《しょうかいてい》や駆潜艇のような艦種を、すべてこの二等駆逐艦に集約できる。そうなれば量産効果で、同じ予算で砲火力を増強できるという計算も成り立った。

なにより、軍令部が計画している空母を警護するための防空艦構想に、この二等駆逐艦は最適と思われた。

当初は、専用の軽巡洋艦のようなものまで検討されていたが、D型砲塔の威力が噂どおりなら、二等駆逐艦で防空艦は実現する。防空艦なら、魚雷発射管はいらない。

このような二等駆逐艦構想は、編成や戦術運用にも影響を与えていた。

今のところ〈朝潮〉は僚艦《りょうかん》の〈霞〉と共に、第一八駆逐隊を構成していた。これはD型砲塔搭載艦が二隻しかないためだ。

陽炎《かげろう》型の五番艦以降からD型砲塔搭載型が就役《しゅうえき》する予定だが、今現在は試験段階で、〈朝潮〉と〈霞〉しかない。

それがD型砲塔搭載の甲型駆逐艦になるのか乙型――つまり二等駆逐艦になるのかはともかく、そうした駆逐艦だけの駆逐隊は、対空戦闘に対して大きな力となる。

ところが、ここに問題が生じる。〈朝潮〉や〈霞〉の訓練などから、駆逐隊全体の対空戦闘指揮をどう執《と》るべきかという問題が生じたのだ。

単純に各個にばらばらと砲撃するより、脅威度を評価し、そこに火力を向ける方がはるかに合理的だ。

そのための戦闘指揮をどうするか？　寺町中佐にとっては、駆逐隊司令という職には、この問題を研究するという意味合いもあり、それは巡洋艦や空母の艦長職にも負けない魅力を持っていた。

「新型の射撃盤の方はどうか？」

「はい、よくできております。一時は、こんなもので実用になるのかと思いましたが」

「それは言えるな」

「電波探信儀の技術が応用されているとか。詳しくは分かりませんが」

「らしいな」

寺町駆逐艦長は立場的に、より詳細な情報を知っていたが、それは口外できなかった。それに技術の詳細は彼もよくは知らない。

Ｄ型砲塔の射撃盤は、二つの系統からでき上がっていた。一つは水平射用の射撃盤で、これは従来と同じだ。

だが対空戦闘に入ると、対空戦闘用射撃盤に回路を切り替える。砲塔への方位角と仰角の指示が切り替わり、信管の調定も自動でなされるようになる。

射撃盤を水平射と対空用に切り替えるのは、開発期間の短縮のためだ。一つの射撃盤で水平射も対空戦闘もとなると、機構も複雑で開発時間もかかる。だから分離したのだ。

これは既存の駆逐艦にも後日、装備で砲塔を換装した時、射撃盤も対空戦闘用だけを追加すれば済むという利点にもつながる。

そして対空用の射撃盤は、双眼望遠鏡で敵機の姿を捉えることで、方位や速度を電気的に読み取り、計算するようになっていた。

双眼望遠鏡は独楽《ジャイロ》の内蔵された架台に装備されているので、常に艦の動揺の如何《いかん》に拘わらず水平が維持されていた。

砲塔は艦と共に動揺しているわけだが、双眼望遠鏡の水平との差分は読み取れるので、それも補正された。

計算機としては、この対空戦闘用の射撃盤の精度は甘いという話もある。しかし反応が早いために、ほぼ連続した砲撃が可能だった。

精度の甘さは弾数で補うという発想だが、トータルでは計算速度の遅い射撃盤より命中率は高い。これはジャイロ安定化装置《スタビライザー》付きの架台によるところが大きかった。

この対空戦闘用の射撃盤は、真空管などを多数用いた電気回路で作られているという。それは電波探信儀の技術の延長にあるらしい。

実は昭和一四年頃には、新型戦艦の索敵用だった電波探信儀は、対水上見張と対空見張の二系統の進化を遂げていた。

これが水上戦闘機の開発につながったことと、基地航空隊防衛の電波兵器として対空見張電波探信儀の需要を生んだ。

空母部隊には、対空見張電波探信儀に否定的な意見が強かった。しかし、これも日華事変以降は、変わりつつあった。

海軍の〈加賀《かが》〉や〈赤城《あかぎ》〉などの空母が、少なからず中華民国軍《ちゅうかみんこくぐん》の爆撃などの襲撃を受けるようになったのだ。この戦闘の中で、史上初の撃墜機や被撃墜機が発生している。

現時点で空母が被弾したことはない。しかし、夜間に奇襲を受け、空母こそ爆撃を免《まぬが》れたが、物資を補給していた雑船《ざつせん》がその爆弾により木っ端微塵《こばみじん》に吹き飛ぶという事件も起きていた。

海軍は艦隊決戦のことだけを考え、洋上での運用ばかりを考えていたが、地域紛争のような特定の泊《はく》地《ち》で活動している場合には、電波探信儀のような装置がなければ奇襲を受けることがあきらかになった。

このため空母にも順次、対空見張電探が装備されていた。

これもまた、寺町中佐を迷わせていた。空母の電波探信儀とD型砲塔搭載艦を組み合わせれば、鉄壁《てっぺき》の防空体制が組めるのではないか。その中に新型戦艦が組み込められれば、軍令部がかねてより計画している『制空権下の艦隊決戦』は、より確実なものとなろう。

ただ、この場合の問題点は、それらを実現するためには最低でも、航空戦隊司令官にならなければならないことだ。空母の艦長では、できることに限界がある。

「偉くなれということか」

だが寺町中佐は、自分が海軍少将になる自信はなかった。海軍とて、そんなに将官の椅子《いす》はない。

戦争にでもなれば部隊も増員され、寺町にも将官の可能性は出てくる。しかし彼は、抑止力を確実なものとするためにあれこれ考え、実現するために働いている。戦争を起こすためではない。

昇進したいのもそのためであって、戦争になって昇進するのでは本末転倒《ほんまつてんとう》だ。だが、手がないわけでもなかった。

その機会は比較的すぐに訪れた。昭和一四年二月、さる会議で久々に海軍省に向かうことになった寺町駆逐艦長は、途中、横須賀に寄る。そこには旧友がいた。

「やっぱり、お前には勝てんな」

重巡洋艦〈利根《とね》〉の艦長室で彼を出迎えたのは、現在の重巡洋艦〈利根〉の艦長、出雲大佐だった。

軍令部から大佐に昇進し、軍艦の艦長を務める。

海軍のキャリアを考えるなら、順当すぎるくらい順当な昇進といえる。〈利根〉の艦長を無事に務《つと》め終えたなら、戦隊司令官になるか、あるいは赤レンガで然《しか》るべき部門の長になるか。

寺町は、自分が将官になれるとは思えなかったが、同期の友人であるこの男は将官になれると思っていた。また、なってほしいとも。

「お前だって、一国一城の主だろう。D型砲塔の件は聞いてるぞ。

海軍にとって、俺とお前と、どっちが大きな仕事をしているかといえば、そっちじゃないのか。艦隊防空の革命だろう」

「革命は大袈裟《おおげさ》だ。あれはA-140の余禄《よろく》みたいなもんだからな」

寺町はそこから、自分の考えを友人に述べた。雷装を排した二等駆逐艦による戦隊に守られた空母や戦艦という、艦隊の構図を。

「まぁ、そうなるとだ、艦隊旗艦に電波探信儀が置かれ、それが接近する敵編隊に攻撃を集中する。隷《れい》下《か》の駆逐艦は、艦隊司令長官の命令で対空戦闘を行う形になるな」

出雲艦長は、すぐに寺町駆逐艦長の意図を理解した。

「ただ一つ、問題があるな」

「問題？　技術的なことは、ここでは立ち入らないつもりなんだが」

「いや、指揮命令系統の話だ。遠距離で敵編隊が撃退できたら申し分ないが、それはまず期待できまい。だとすると、至近距離では旗艦が全体の指揮を執るのは却《かえ》って不都合だ」

「近距離では個艦の自由裁量《さいりよう》に委《ゆだ》ねろということか？」

「基本そうだが、航空機は速い。旗艦が全体を指揮する時間は一～二分という単位になるんじゃないか。だから対空戦闘中に指揮を切り替えるのは、却って不都合だろう。指揮が混乱するだけだ。旗艦は電波探信儀の情報を流すだけにするか、何を主として守るかの指示を出すか――その辺に限られてしまうんじゃないか」

「なるほどな。問題は、航空機の速度か」

寺町中佐は、出雲にこのことを相談したのは正解だと思った。自分では分からなかった問題点を、彼は簡単に指摘してくれた。

「まぁ、旗艦が駆逐艦を集団として指揮するなら、敵が水雷戦隊でなければ、もっと速度の遅いやつだろう。そうさなぁ、潜水艦か何か」

「潜水艦か……」

そういう視点は、確かに寺町にはなかった。対空戦闘ばかりを考えていたためだが、敵速を考えるなら、潜水艦にこそ適合する方法かもしれなかった。

「やってみるかな」

「やってみるって、何をだ？」

「だから対潜作戦で、旗艦から駆逐艦群を指揮するのさ。必要なら僚艦と訓練をしてもいい。旗艦の代行は陸地にでも置いてな。

それで動きとか情報の流れとかを見てみれば、対空戦闘でどう応用すべきかが分かるだろ」

「なるほど。単純な雛型《ひながた》で動かしてみて、そこから応用か」

そうした戦術論について、出雲と寺町は話し合ったが、さすがに疲れたのでコーヒーを持ってこさせて話題を変えた。

「〈利根〉は、どうだい？」

「いや、こいつは傑作《けっさく》巡洋艦だ。砲塔四基だが、そんなのは大したことはない。構造に無駄がなく、操艦もやりやすい。

航空兵装も強力だ」

「五機だったか？　艦載機は」

「今は五機だが、すぐに八機になる。猪名の奴が動いて実現した水上戦闘機も搭載されるからな」

「あれは、お前がもともと言いだしたことだと聞いてるがな」

「意見を言うのと、具体的に形にするのとは違うさ。猪名は兵備局の人間として、航空本部とも折衝《せっしょう》したと聞いてる。

まぁ、ともかく水上戦闘機まで搭載したとなれば、艦隊の目としての働きも違ってくる。威力偵察も可能になってくる」

「もう戦術もできてるようだな」

「まぁ、部下にも色々と考えさせてはいる。そういえば、その猪名だが、あいつ、またやらかしたらしいな」

「やらかした？　不祥事《ふしょうじ》でも起こしたのか？」

寺町は憲兵隊とのことを思いだし、息苦しくなる。

「不祥事じゃない。なんていうか、正論をぶって敵を作ったというか。十二試《じゅうにし》艦上戦闘機に甲型と乙型ができるって話は知ってるか？」

「横須賀なら、そういう話も入るだろうが、こっちは呉だからな」

「そうかもしれんな。俺も昔の同僚から聞いただけなんだがな。

　去年の一月に横須賀航空廠の会議室で、十二試艦戦計画要求書研究会が開かれた。航空廠の花島《はなしま》中将や技術部長の和田《わだ》少将も同席していた。兵備局からは――」

「猪名、なのか？」

「そうだ。兵備局としては、少し奴をA－140から離したかったらしい。それで軍艦から飛行機だ。まぁ、基本、優秀な男だ。経験を積ませようということもあったんだろう」

「それで？」

「航空本部の要求は、高速で、航続力があって、運動性能がいい戦闘機だ。素人の俺でも、それは無茶な要求だと分かる。実際、三菱のなんとかいう技術者は、どれか条件を下げられないかと言ってきた」

「それで？」

「大激論になったらしい。戦地から戻ったばかりの航空隊の人間は、陸上攻撃機《りっこうき》の護衛に航続力は必要だと言う。

　一方で、運動性や航続力は運用で対処できても、速力は人間の努力でどうにもならないから、速力優先というわけさ。

　さて、ここで猪名先生は、なんと言ったか？」

「戦闘機のあるべき姿でも述べたのか？」

「惜《お》しいね。

　結局、議論はまとめられず、三菱はその要求すべてを飲むしかないということで落ち着きそうになったんだそうだ。すると猪名の奴は、すっくと立ち上がって廠長《しょうちょう》や技術部長の前で言ったんだ。

　結論をまとめられないとは、どういうことか。十二試艦上戦闘機の要求性能が無理難題というのを海軍が理解しながら、それをそのまま三菱に丸投げするのは、航空本部の責任放棄《ほうき》ではないか、ってな」

「本当に、そんなことを言ったのか？」

「言ったらしい。たぶん、議論があまりにも不毛だったんだろう。現場にいないと分からんがな。

で、猪名は、海軍がここで責任を持って現実的な要求仕様をまとめ、三菱がそれを責任を持って具体化すべきである、と主張した。偉いさんたちも、そんなことを正面から言う奴がいるとは思わなかったらしい」

「それで終わったのか？」

「いや、戦地帰りと激論になった。航続距離はいらぬというのが猪名の主張で、それが戦地帰りの逆鱗《げきりん》に触れたらしい。

要するに、日華事変で航続力がいるというが、海軍航空にとって日華事変は、どこまで尊重すべき戦場なのか。十二試艦上戦闘機の本分からすれば、例外的事例である日華事変の戦訓など考慮する必要はない」

「で、どうなった？」

「殴られたらしい。さすがに殴った側は問題になったそうだが、お咎《とが》めなし。猪名も特に問題にはならなかった」

「で、甲乙に分かれたのか？」

「三菱側が、三要求すべて飲んだ機体と、航続力を落とした機体の二種類を作ることになった。

両方の顔を立てたというより、三要求すべてを飲んだ甲案が失敗しても、保険として乙案がある——ということさ」

「曖昧《あいまい》な決着だな」

「それでも妥当《だとう》な仕様も採用されたのは、前進だろう。

それが理由かどうか知らんが、猪名も年末頃には中佐に昇進して、どこかの部隊に異動になるらしい」

「どこかって？」

「分からん。だが海軍省人事局も、あいつを一国一城の主にはしないだろう。軍艦の砲術長とか、そのあたりじゃないか」

「同じ艦隊になったりしてな」

　だが寺町中佐は、まさにそれが実現しそうな気がした。

新戦艦〈大和〉
発進編

艦政本部

# 五章 新型戦艦・竣工

海軍

昭和一五年春・南シナ海。

「艦隊司令部からです」

通信科から電文が届く。寺町艦長は、それを受け取ると、文面に目を通す。

「敵航空隊に策動《さくどう》の動きあり、か」

支那《シナ》方面艦隊司令部の情報を目にするごとに、寺町大佐は、恥ということを考えてしまう。

電文の内容は、要するに『敵が攻撃しようとしてます』ということだ。そんなことは、言われなくても分かっている。

ここはすでに戦場なのだ。敵襲はいつきても不思議はない。にも拘わらず、この程度の電文しかこないのは、艦隊司令部が事の重要性を理解していないのと、自前の情報収集能力が極めて低いからだ。

聞いた話では、艦隊司令部は陸軍から情報をもらっているという。それでは即応性にも、精度にも欠ける。

もうじきに建造中の新戦艦が進水式を迎えるらしい。日付は不明だが、彼が海軍省にいた時のスケジュールなら夏頃だ。

赤レンガにいた時は、この新戦艦で抑止力は確保できると思っていた。しかし、最近はそうした意見には懐疑的《かいぎてき》な寺町艦長だ。

今の海軍は敵や仮想敵の情報収集および分析の制度が、まったくといっていいほど、できていない。主砲が最強だの、装甲が厚いだのと新戦艦を自慢しても、敵がどう動くかの予測が立たないようでは、勝てるものも勝てない。

しかし、それが分かる人材は海軍には乏《とぼ》しいらしい。そのことが、この電文に如実《にょじつ》に表れている。

「司令部からの敵情ですか？」

寺町艦長は、何も言わずに電文を竹中砲術長に見せた。それは『宛《あて》：軍艦〈球磨《くま》〉艦長』の電文であり、他者に見せるべきものではない。

厳密にいえば、海軍の秘密である。が、この程度のものが軍の秘密で通るなら、新聞の天気予報は暗号で書かねばならないだろう。それが寺町艦長の嘘偽らざる意見である。

「戦闘配置の発令ですか？」

「その必要はない。電波探信儀《でんたん》だけ、警戒を厳重にすればいい。こんないい加減な情報で、いちいち乗員を戦闘配置に就《つ》けていたら、本当に大事な時に身が持たんぞ」

竹中砲術長は、それには反論しなかったが、完全に納得したわけでもないようだった。

よくいえば真面目なのだろうが、彼は上の者に逆らうということをしない。命令には従えばいいと信じている節《ふし》がある。

もちろん組織なのだから、あからさまな命令違反や拒否、怠業《たいぎょう》などは認められるわけはない。

しかし、命令に関して意見を述べるなり、質問するなり、提案を行うことは可能だ。世の中は、絶対服従の命令だけではないのだから。

むしろ絶対服従を強《し》いるような、そんな命令など例外的なものだろう。多くは建設的な提案を受け入れる余地はあるのだ。

少なくとも、命令に対しての意見を述べる程度のことは可能だ。そうしたことを認めなければ、海軍の人材は育つまい。

その意味で、竹中砲術長は寺町の目からは物足りない。彼には命令を疑うという視点がない。命令を『実行すればいいもの』としか思っていない感があるのだ。

平時ならそれでもよかろうが、非常時では部下として心許《こころもと》ない。

そうでなくても、日華事変は厄介《やっかい》な状況だ。中国国民党政権も日本政府も、現在の日中間の紛争を戦争とは認めていない。

軍規模の部隊と多数の軍艦が出動しているこの状況は——たとえば日独の戦争による青島《チンタオ》攻略より、よほど大規模で、事実上の戦争だが、政治的・外交的には事変だ。

なぜかといえば、戦争と認めてしまえば、日本も中国も外国からの戦争資源の輸入が国際法上できなくなるからだ。正確にいえば、第三国が戦争当事国に戦争資源を輸出できないということだ。

戦争なら国際法に則《のっと》り、海軍が主要な中国の港湾《こうわん》を封鎖《ふうさ》することも可能だが、事変ではそれはできない。

捕虜《ほりよ》についても、日本は条約の批准《ひじゆん》をしていないが、捕虜の扱いについて『義務を負う』ことは拒否しているだけで、外国軍の捕虜を取らないとは言ってはいない。あくまでも義務を負う形を避け、フリーハンドの余地を求めているだけだ。

だが、そもそも事変では捕虜という立場は、厳密な意味ではない。しかし、実質的には戦争であり、捕虜は生じてしまう。かくして『捕虜』を取った陸海軍部隊は扱いに苦慮《くりよ》することになる。

それでも日華事変も三年目を迎えると、現実には戦争であることで、部分的な海上封鎖も行われるようになった。

海上封鎖など、本来なら昭和一二年の間にできたことだが、諸外国との調整のため、そしてこれが戦争ではなく事変であるために、既成事実の積み重ねによりここまで手間がかかったのだ。

こういう複雑な状況だからこそ、命令を実行するだけの部下というのは、寺町艦長にとっては不安要因なのである。

軽巡洋艦〈球磨〉は、今、陸軍の華南《かなん》作戦に呼応する形で、船団の警護を行っていた。軽巡洋艦〈球磨〉の背後には四隻の貨物船が従っている。

僚艦はない。だから軽巡洋艦〈球磨〉だけで、四隻を守り切る必要があった。

寺町艦長は、飛行科に電話を入れる。

「私だ、飛行機はすぐ出せるか？」

『命令があり次第、三〇秒で出撃できます』

「それは心強いな」

『いえ、戦地ですから』

木下《きのした》飛行長の返事には迷いがない。

『直接掩護《ちょくえん》に出せと言うことでしょうか？』

「飛行長はどう思う？」

『今は避《さ》けた方が。燃料補給で降りてきたところを襲われては、かないません。

電探が発見して、三〇秒以内に出れば、十分、迎撃可能です。敵機は比較的、低空を飛ぶきらいがありますから』

「なるほど」

飛行長は、そうして自分の意見を艦長に告げた。

寺町艦長は、どうして飛行長にどうでもいい電話を掛けたのか、分かった。

木下飛行長のこうした態度に、安心したかったのだ。それだけ自分は緊張しているのかもしれない。

軽巡洋艦〈球磨〉には艦載機がある。少し前までは九五式《きゅうごしき》水上偵察機であったが、今回の任務のために、零式《れいしき》水上戦闘機が搭載されている。

零式水上戦闘機は、零式艦上戦闘機乙型の固定脚を双フロートとした戦闘機だ。三菱としては海軍の苛酷《かこく》な要求を実現しようとした甲型よりも、現実的な乙型の方が開発が順調であった。

なので実戦部隊には乙型が先に配備されていた。乙型が配備されたのは、その運用経験を甲型に反映するためと言われていた。

だが、海軍省内の知人の話では、乙型で満足してもらえば、無理に甲型を開発しなくても了解されるのではないかという三菱側の意図もあるらしい。

だが乙型の評価は、部隊によってまるで違った。

速力と武装、それに運動性能から空母部隊などの評価は高い。

反面、日華事変に参加している戦闘機隊の意見は芳《かんば》しくない。一つには、十二試艦上戦闘機の会議で、事変から戻った搭乗員側の面子《メンツ》を潰してできたのが乙型だから、というのがある。

二つ目は、航続距離が陸上攻撃機の護衛を行える水準にはないという点だ。

ただ、これについては、実戦は非情で皮肉だった。

陸軍側が、自分たちの航空戦力の消耗を減らしたいという意味もあり、海軍航空隊に対し、陸軍が占領し使用している基地の提供を申し出たのだ。

この陸海軍の協力は、中国ではなく東京で決められた。陸海軍首脳が決め、現場部隊に命令として下された。

これにより陸軍の基地が使えたことで、乙型も陸攻の護衛を全《まっと》うすることができた。しかし、戦闘機隊にとっては二重に面子を潰された形である。

だから、彼らの乙型への評価は『速くて強いが、それだけだ』というものだった。感情的な意見ではあるが、それだけに修正は難しいと寺町は思う。

彼らに寺町が何をできるわけではない。ただ変な感情に固執《こしつ》して、出なくてもいい戦死者が出ることを恐れるだけだ。


「あと四時間か」

寺町艦長は、艦橋《かんきょう》の時計を見る。

「そろそろ何か動きがあるかもしれんな」

彼の呟《つぶや》きを竹中砲術長は聞き逃さなかった。

「総員戦闘配置ですか？」

「まだ、早い。

それより、砲術長。どうして私が、そろそろだと判断したと思う？」

「さぁ、分かりません」

竹中砲術長は、分からないことを特に恥じる様子もない。頭が悪いわけではない。砲術長が務まるのだから、馬鹿なはずがない。ある意味、非常に頭が良い。

だがその頭の良さこそ、彼が命令を疑わない理由なのだ。上司に楯突《たてつ》くような人間は、組織の中では上にいけない。

「あと四時間で夜になる。敵機が攻撃を仕掛けてくるなら、明るい間――つまり、日暮れまでの四時間だ。明るいうちに着陸したいなら、三時間かもしれんがな」

「なるほど」――それが竹中砲術長の寺町艦長への返答だった。

寺町は大佐に昇進すると、軍艦の艦長職に就くことになった。彼のキャリアからいえば、それは順当な部署と思われた。内示でも、軍艦の艦長とは言われていた。

ただ、軍艦といっても数は多い。さすがに戦艦や空母はないとしても、巡洋艦や水上機母艦などもある。

そして実際、彼は軽巡洋艦〈球磨〉の艦長に就くことになった。しかし、それは彼にとっても予想外のことであった。

赤レンガから数年離れていたので、中央の動向には疎《うと》くなっていたが、軍令部・海軍省などは出師準備として、各種の建艦計画を進めていた。

予算に関しても、日華事変の影響で要求しやすくなっていた。陸軍予算が増えているので、そのバランスということも海軍には幸いした。

基本的に海軍にとっては日華事変は『陸軍さんの戦争』であり、彼らの主務は対米戦にあるとの認識だ。

国のことを考えれば、陸軍歳費が膨張《ぼうちょう》しているなら、日華事変を早急に終わらせ、国家財政のために海軍予算を抑制するという選択肢もあった。

しかし、そうした意見は海軍にはなく、陸軍は日華事変により陸軍予算が増えたので、そのバランスを取るとして海軍も火事場泥棒的に対米戦の戦備を整えていった。

そうした中で問題となったのは、艦齢の古い艦艇の戦力化である。軍縮条約の影響もあり、艦齢二〇年近い軽巡洋艦〈球磨〉も、昨今の海軍艦艇の実情には合わなくなってきていた。

たとえば航空兵装などは、完全に後付けの装備であり、なんやかんやで五五〇〇トン級軽巡は、今は装備の荷重で最高速力も三〇ノット程度にまで落ちていた。

そこで五五〇〇トン型軽巡洋艦の中でも〈球磨〉など一部については、試験的に大規模な改造が行われた。

それは水雷兵装を撤去《てっきょ》し、空間と重量の軽減化を図《はか》り、一四センチ砲七門を九七式一二・七センチ連装砲塔D型五基に置き換えるという、防空巡洋艦化である。

この改造で軽巡洋艦〈球磨〉の速力は最高三四ノット程度まで回復した。この改造に合わせて、二号一型対空見張電探が追加され、航空兵装はそのまま維持された。

もちろん対空機銃も装備されているが、中心となるのは一二・七センチ砲である。

主砲が一二・七センチ砲なのに、軽巡洋艦という分類はおかしいという意見もなくはなかった。しかし、海軍の巡洋艦の類別は重巡洋艦・軽巡洋艦ではなく、一等巡洋艦と二等巡洋艦である。そして、その類別の基準は主砲ではなく、排水量にあった。

今まで主砲などで重巡・軽巡と分けていたのは、

海軍の類別標準ではなく、あくまでも軍縮条約の関係で、巡洋艦の等級を国際間で定義する必要があったからに過ぎない。

これは巡洋艦に限った話ではなく、戦艦や空母もそうだ。何が戦艦で何が空母かの国際間の定義が不明確では、『戦艦（正確には主力艦だが）の数』を制限することなど、できはしない。

このような次第であるから、軽巡洋艦〈球磨〉が一二・七センチ砲装備でも、別におかしなことはないのだ。

軽巡洋艦〈球磨〉は『一隻で一戦隊分の対空火力』に匹敵《ひってき》すると言われていたが、寺町艦長も、さすがにそれは言いすぎだと思う。ただ、かなり強力なのは間違いない。

もっとも、彼らはそれをまだ実戦で確認してはいなかった。

「右舷後方より国籍不明機が接近中。編隊と思われる。距離五万！」

軽巡洋艦〈球磨〉の電探が敵編隊を捉えたのは、日没まで二時間を残す時だった。

――敵は迷っているのか？

それが寺町艦長の第一印象だった。敵が編隊機なら、基地にもよるが帰還して、着陸するのに然《しか》るべき時間がかかるはずだ。

そうなると日没二時間前というのは、明るいうちに全機収容するための時間的余裕が、ほとんどない。

――敵の指揮官は、自分たちの船団を襲撃するか、襲撃しないか、迷っていたのではないか。それは指揮官の優柔不断さを意味する点では、自分たちには好都合だ。

ただ、敵司令官が優柔不断になる理由には懸念《けねん》がある。相手がこちらのことを何も知らなければ、出撃すればいいのだ。

そうではなく出撃を躊躇《ためら》うというのは、敵が自分たちに関してそれなりの情報を持っていることを意味しないか？

本当にそうならば、それは日本軍にとって危険な徴候《ちょうこう》といえるだろう。おそらく、接近中の敵機よりも。

「総員、戦闘配置、合戦《かっせん》準備！」

寺町艦長は、矢継ぎ早に命令を出す。竹中砲術長も、命令を理解するとすぐさま指揮所に移動する。そう、彼もけっして愚かな人間ではないのだ。

しかし、寺町艦長が何より優先したのは、貨物船群に対する采配《さいはい》だった。彼はあえて四隻の貨物船に対して、軽巡洋艦〈球磨〉と距離を置き、密集するように命じていた。

これは、貨物船が完全に非武装であるためだ。支那方面艦隊司令部の算盤《そろばん》では、それで十分なのかもしれないが、一隻の軍艦の火力だけで、四隻すべてを守るのは無理だ。

だからこれらは切り離し、敵編隊が船団に接近するルート上に軽巡を置き、対空戦闘を行う形になる。

陣形を整える時間を考えれば、貨物船は早めに移動させなければならない。この手順だけは、すでに貨物船の船長たちと打ち合わせていた。

意外だったのは、何度か補給に携わった船長たちが、寺町艦長が話し合いに出てきたことに驚いていたことだ。

通常は、下士官か下級将校が命令文を持って乗り込むだけで、軍艦の艦長自らが自分たちのために説明に出向くことなどないらしい。

しかし、乏《とぼ》しい戦力で船団を護衛する以上は、船長らの協力は不可欠というのが寺町艦長の考えだ。

それを、海軍風を吹かせて船長たちに威張るだけで、肝心《かんじん》の仕事はしていない将校が多いということか。

寺町艦長は、そんな話を耳にするたびに、こんな状況で新型戦艦の能力を発揮できるのかと、憤《いきどお》りを覚えた。

「船団、離れていきます！」

航海士の報告に、寺町艦長は時計を睨《にら》みつつ、ここまではうまくいっていると思った。幸いにも、風はほとんどない。好都合だ。

「水上戦闘機、発艦しました！」

見張員の報告が、艦橋にも届く。電探が五〇キロ先で敵編隊を捉えるとは、それなりの規模の部隊なのだろう。

戦闘機一機で、どうなるものではない。しかし、敵の行動に掣肘《せいちゅう》は加えられるだろう。それに、一機だから有利なこともある。

周囲はすべて敵。友軍の誤射を恐れずに闘える。

「悪趣味だな」

寺町は呟く。

計算では三分後には敵を視認できて、四分で敵編隊に接触するはずだった。もっとも接触の四分は電探の観測で間違いないはずだが、視認については、なんともいえない。

敵編隊としか電探では分からない。五機なのか五〇機なのか——そこまでは電探も読み取ってはくれない。

しかし、編隊の数によって——あるいは編成によって、確認できる距離は違う。それでも、せいぜい一分の違いだろうが、その一分を先んじることができるかどうかで、状況は変わってくる。

「敵編隊を確認。数は二〇弱、双発爆撃機に戦闘機の援護あり！」

搭乗員の彼が敵を確認できたのは、二分半後だった。敵は戦爆連合で、見たことがない双発機にお馴染みの複葉戦闘機をともなっていた。

――戦闘機はソ連製だが、爆撃機はどうか。アメリカ機ではないのか?

彼はそんな印象を、その双発で尾翼が独特の形状の爆撃機にもった。それがアメリカのB25であることを彼が知るのは、あとのことだ。

無線電話での報告は、すぐに軽巡〈球磨〉に届いた。砲撃開始距離まで攻撃せよ、との命令が出る。

――何を攻撃すべきか?

その選択は、戦闘機搭乗員に一任されていた。

水上戦闘機は、たった一機。だから、これで敵編隊を殲滅《せんめつ》などということは望むべくもない。実際には一機、撃墜できれば上々だ。

問題は、今この状況で、どれを攻撃すべきかということだ。二〇機ばかりの敵編隊の中で攻撃可能なのは一機と心得《こころえ》よ。

後方視界に何か動きがあった。一瞬、後ろを見ると、船団が煙に覆われている。煙幕《えんまく》を展開したらしい。爆撃をするにせよ、銃撃をかけるにせよ、これで命中率は大幅に低下する。

煙幕は、船団の位置的に風下《かざしも》に展開されるので、風上《かざかみ》に位置する軽巡洋艦〈球磨〉の対空戦闘を妨げることもない。

彼はそうしたことを一瞬で確認すると、攻撃目標を定めた。視点を変えたことが、考えを整理させたのだ。

双発機の中に、一機だけ他と違う機体があった。機体のマークが他の機体と少し違うのだ。

マークの違いが正確には何を表しているかは不明だが、その意味するところは想像がつく。あれこそが編隊の隊長機だ。隊長機だからこそ、隷下《れいか》の機体からも分かるようにする。

彼は高度を上げる。あと三〇秒ほどで編隊と接触する。複葉戦闘機の何機かが、彼の水上戦闘機を発見し、接近するような姿勢を示す。

だが彼は、そうした敵機に目もくれず、標的に向かう。

三〇秒が経過し、戦闘機と編隊は接触する。その刹那、彼は急降下をかけ、隊長機らしきB25に銃弾を叩き込んだ。

異なる方向から交差する機体と機体。接触した時間は一瞬。銃弾の命中率は五〇パーセントほどだが、命中弾は数発。

しかし、両者の相対速度差は大きく、弾丸の運動量も運動エネルギーも倍以上ある。

それでもB25は丈夫な機体で、数発の銃弾で撃墜はされなかった。だが機内は、数発の銃弾により凄《せい》惨《さん》な状態となっていた。

パイロットが生きていたので、辛《かろ》うじて機体は飛行を続けているが、機内に無傷な人間はおらず、指揮官は絶命し、無線機は破壊された。

これにより、敵編隊は指揮機能を失った。ただB25は飛行を続けており、編隊はまだ、自分たちが指揮機能を失ったことを知らなかった。

そして零式水上戦闘機は、ここで自分に向かってきた複葉戦闘機に銃弾を浴びせ、それを撃墜する。

双フロートの機体が戦闘機とは思わなかったことが、彼らの最大の敗因であり、また性能差の違いも大きい。

水上戦闘機は、そこですぐに戦域を離れる。それと同時に軽巡の砲弾が炸裂《さくれつ》した。

水上戦闘機は戦域を離れはしたが、軽巡に戻りはしなかった。彼には対空砲弾の『弾着』を観測する任務がある。これが防空巡洋艦として、〈球磨〉の初の実戦らしい実戦である。

D型砲塔や二号一型電探がどこまで使えるのか、現場で観察する人間が必要だ。それが彼の任務である。

「測距はおおむね良好なれど、錨頭に難あり！」

彼は敵編隊の中で炸裂する砲弾を観察しつつ、そう報告する。

〈球磨〉の照準は、Ｂ25に絞られていた。それは当然のことだろう。戦闘機と爆撃機は高度も位置も異なるから、両方には照準は向けられない。どちらか一つを選ぶなら、脅威度の大きな爆撃機となるのは至極《しごく》、当然だ。

実際、戦闘機隊は、まったく何もしなかった。それは、彼が敵の立場でも同様だろう。戦闘機で軍艦は沈められないのだ。

ただ意外なことに、敵は水上戦闘機も襲撃しようとしない。おそらくは、戦力の温存か何かを考えているのだろう。航空戦力を海外からの輸入にしか頼れない国と、ともかくも国産機が造れる国との違いだ。

もっとも飛行機が国産化できようが、航空機の温存は重要だ。航空機を失うということは、搭乗員を失うということだ。多額の経費と時間を費やして、やっと一人前の搭乗員に育つ。だからこそ搭乗員——に限った話ではないが——を無駄に死なせるわけにはいかない。彼とて無駄死にする気はない。

無駄に死にたくはないというのは、Ｂ25の搭乗員も同じだろう。しかし、それをいえば〈球磨〉の乗員もそうだし、非武装の貨物船四隻の乗員たちも同様だ。

結論として、誰かが無駄死にしないために、誰かが無駄死にすることを強《し》いられる。結果がすべてであり、結果をともなわない努力は、たとえ人死にが出ようと無駄である。それが戦場だ。

そして今、Ｂ25の編隊が無駄死にを強いられつつあった。おそらくは訓練内容に問題があるのかもしれない。

彼らは対空火器の猛攻に対して、自主的に散開することなく、前進する。指揮官機が無力化され、統制は乱れ、編隊は崩れていたが、なぜか彼らは高度だけは維持しようと、そしておそらくは編隊を組み直そうとしていた。

それはある意味、褒《ほ》められるべき態度なのかもしれなかった。しかし、状況は彼らの味方をしなかった。

高度を維持しながら、密集して飛行する――それは照準器にとっては、撃墜してくれといわんばかりの行動である。

ここに錨頭の甘さが加味される。距離については電探のおかげで、メートル単位で正確な数値が出せたが、角度精度については、即応性を重視して双眼望遠鏡を用いたため、測距儀《そつきよぎ》を使用した時より遠距離では甘かった。

だが、それさえもB25の編隊にとっては、マイナスに作用した。隊列が乱れてばらけた状態の編隊に対して、砲弾も適度に散らばって炸裂したためだ。


ここで命中弾・有効弾が出るかどうかは確率的な問題だが、それは発射弾数に比例する。そしてD型砲塔は、信管調定を自動的に行う関係もあり、装塡は自動化されていた。つまり発射速度は速い。

B25双発爆撃機は、同クラスの航空機としては丈夫な機体であった。とはいえ戦車ではなく、所詮《しよせん》はアルミ板で組まれた箱に過ぎない。

多数の一二・七センチ砲弾を受け、B25爆撃機は次々と脱落していった。さすがに砲弾が直撃した機体はなかった――それは照準器と装塡機構の精度が一定水準以上であることを意味する――が、砲弾片による損傷で、飛行不能となる機体が続出したのだ。

編隊の混乱は、犠牲も拡大した。損傷により戦場から離脱を試みたB25に対して、やはり損傷から機体を救おうと爆弾を捨てようとしたB25。

捨てた爆弾が、離脱を試みて低空を飛行するB25の主翼を直撃する。

爆弾は信管が作動する高度でないため起爆しなかったが、五〇〇キロ近い鉄の塊《かたまり》が高速で衝突したために、機体の片翼が切断され、B25は爆弾ともども海上に墜落していく。

それでも二機のB25が、軽巡洋艦〈球磨〉の近くまで飛んできた。両機とも黒煙を曳《ひ》き、炎上しかけていた。おそらくは基地への帰還は不可能という判断なのだろう。

二機のB25は弾倉の扉を開け、煙幕を展開する貨物船群ではなく、軽巡洋艦〈球磨〉を目指して直進していた。だが、それはやはり自殺行為だった。

遠距離だから甘かった角度分解能も、近距離では高い。そして距離精度は、遠近関係なくメートル単位だ。なおかつ、五基の砲塔が二機を狙う。

B25爆撃機の悲劇は、彼らが最期《さいご》の最期まで、爆撃効果を追求したことだった。つまり二機は散開せずに、密集して飛んだ。

確かに爆撃による命中確率は高くなる。だが、それは自分たちの被撃墜率も上がるということだ。そして事実それは上がった。

二機の爆撃機は、相次いでガクンと機首を下げて、海中へと落下していった。それがあまりにも急激だったからだろうか——機体から脱出した搭乗員はいなかった。

陸軍部隊への補給船団を無事に護衛した寺町大佐だったが、帰路は軽巡洋艦〈球磨〉の単独だった。荷下ろしに時間がかかるのと、船舶の運用は陸軍側の都合があるらしい。船団を護衛しながらの帰路という形にはならなかった。

上海《シャンハイ》に戻った軽巡洋艦〈球磨〉は、艦隊司令部の参謀の訪問を受けた。補給のために接岸した軽巡洋艦〈球磨〉に、そのまだ若い参謀は、接収したか鹵《ろ》獲《かく》したかのロールス・ロイスのシルバーゴーストで現れた。

シルバーゴーストには、海軍のものであることを示す記章《きしょう》と艦隊所属を示すプレートが掲げられ、対空戦闘を意識しているのか、車体後部には上からも分かるように日章旗《にっしょうき》が広げられていた。

寺町大佐は、参謀がやってきた理由が分からなかった。任務達成ご苦労、というような話ではなさそうだ。船団護衛は大事な任務だが、艦隊参謀がやってくるほどの作戦ではない。

対空戦闘の戦訓分析なら、艦隊主催の勉強会や研究会――艦隊の通常業務は、こうした会議の類である――で行う話で、参謀を派遣するようなものでもない。

寺町大佐も、それなりに海軍の飯を食っている。こういう形での参謀派遣は、内密な話と思った方がいい。それも大抵は、あまりよろしくない類の話のことが多い。

そして参謀の話は、確かに良い話ではなかった。そして寺町艦長にとっては、まったく予想もしてない角度から繰り出されたパンチであった。

「貴官の船団護衛の采配《さいはい》について、部隊より苦情がきている」

参謀はそう述べた。具体的に、どこの部隊からの苦情かは、彼は絶対に教えないだろうと寺町艦長は確信していた。なぜなら、そんな部隊などないからだ。苦情は艦隊司令部そのものの不快感という意味だ。

「苦情とは？」

「貴官が船団護衛をするにあたり、民間人である商船の船長を集め、作戦の詳細を漏らしたとの苦情である」

寺町大佐は一瞬、殺意を覚えた。この若い参謀が、寺町の海軍省時代の憲兵とのトラブルを揶揄《やゆ》しているのは明らかだからだ。

やったことは事実だし、自分が軽率だったのは弁解のしようもない。しかし、そんな昔のことを、別件で他人を攻撃するのに持ち込む根性に、寺町は怒りを覚えた。

だが、ここで怒れば相手の思う壺《つぼ》と、そこは堪《こら》えた。彼は失敗から学べる男だ。

「作戦の詳細を漏らしたとは、どのような意味か？　漏らすも何も、航路も積み荷も、船長たちには既知《きち》のことではないのか？　具体的に、何をどう漏らしたというのか？　そもそも、誰がそのようなことを言っているのか？」

寺町艦長が冷静に問い返してきたことは、参謀には意外であったらしい。無条件で謝るとでも思っていたのか？　わざわざシルバーゴーストで乗り込んできた時点で、彼の虚栄《きよえい》を感じていたが、これはこの参謀の人間性そのものだったのか。

「小職も、貴官が何かを漏洩《ろうえい》したとは思っていない。ただ、苦情があったということを伝えているのだ」

参謀は一瞬前の強硬姿勢から、急に態度を軟化させる。

「情報の漏洩があったという苦情はきたが、参謀である貴官は、そうした事実はないと思っている。ならば艦隊司令部は、暇つぶしにここに貴官を派遣したのか？」

さすがに『暇つぶし』と言われたことに、参謀はむっとしたらしい。

「苦情は他にもある。貴官の態度は海軍の権威に関わるのだ。要するにだ、秩序を乱している」

「はぁ？」

寺町艦長は本当に、参謀の言っていることの意味が分からない。海軍の権威を損なう？　敵航空隊を撃退し、一隻の犠牲も出さなかったのに？

「海軍将校たる者、民間人に対しては指導的立場で臨まねばならない。軍事作戦である以上、上下の別をはっきりさせねばならないのではないか！」

「貴官の言ってることの意味が、よく分からんのだが」

もちろん寺町艦長は、今の話で参謀が何を言わんとしているか、分かっていた。分かってはいたが、正直、認めたくなかったのだ。

船団輸送を成功させるには、艦長と船長の意思の疎通《そつう》が密《みつ》でなければならない。そのためには船長たちと話し合い、必要なら船長の要求を認めることも必要だ。

だが、参謀が言うのは、それとは違う。船長たちは海軍の命令にさえ従っていればいいのであり、艦長が直々に船長たちと密接な連絡を――それも対等な立場で取る必要はないと言っているのだ。

「船団の安全を図るために、海軍軍人は己の本分を尽くさねばならぬ。そのためには、船団の船長たちと密接な意思の疎通を図る必要がある。

今回の船団についても、四隻すべてが排水量、速力、旋回半径、機関の構造、船齢が異なっていた。それらに対して安全な航行を維持するためには、指揮官である艦長が船舶の現状を把握する必要がある。任務を成功させるために、船長らと話し合いの場を持つことの、何が不都合か？」

階級も上の寺町艦長から、正面切ってそう反論されるとは、若い参謀は思っていなかったのだろう。艦長が船長より上と信じて疑わない彼にしてみれば、艦隊司令部に隷下の艦長が反論するなど、あるはずのないことなのだ。

「問題とは言っていないが、苦情があるのは事実であり、そうしたことは艦隊司令部としても看過《かんか》できないのだ」

「こちらの采配に問題がないのであれば、苦情を言う奴が間違っているのだ。ならば小職ではなく、苦情を言う人間に対して、艦隊司令部が厳正な指導をするのが筋ではないか？　どうだ？」

もともと、ありもしない『苦情』を口実《こうじつ》にしているためか、参謀の態度は目で分かるほど動揺していた。

――大丈夫なのか、日本海軍は？

と、寺町艦長が心配になるほどに。

「次の船団編成を艦隊は計画中だが、貴官の采配のため、調整が難航しているのだ。輸送計画に船長の意見を入れろと、船会社が要求している」

「話を聞き、有用な意見なら船長らの話を聞き入れればいいではないか。何を躊躇《ためら》っているのだ？」

「そんなことでは、船会社に舐《な》められるではないか！」

「舐められないよう、海軍将校としての力量を示せばよいだけの話ではないか。貴殿は、そうした力量を民間人に示せないとでもいうのか？」

「あんたじゃ、話にならん！」

やり過ぎかとも思ったが、寺町艦長は参謀を呼び止めもせず、そのまま見送った。しかし、この件で寺町艦長がなんらかの処分を受けることはなかった。

ただ、防空戦闘に結果を出したにも拘《かか》わらず、軽巡洋艦〈球磨〉が華南作戦の船団護衛に投入されることは二度となかった。

新型戦艦は、その存在を誇示することで抑止力として活用するべきか？　――軍令部で起きたそうした議論は結論が出ないまま、とりあえず進水後に結論を持ち越すという形で先送りがなされた。

しかし、昭和一五年八月八日に呉海軍工廠で行われた新型戦艦の進水式は、徹底した秘密主義の下《もと》で行われた。

本来なら臨席するべき天皇も、情報秘匿の観点から皇室からは代理人しか出席しなかった。

また、通常であれば戦艦の進水式では多数配られるはずの記念品も、秘密管理のために省略された。

世界最大・最強を目指して建造されたこの戦艦は、その性能ゆえに、世界で最も地味で、知られることのない進水式を迎えることとなったのである。

そして機密管理と存在感《プレゼンス》の問題については、特に改めた議論もなされないまま、なし崩し的に現状維持が続けられることになった。

つまり新型戦艦の存在を誇示することで、主としてアメリカへの抑止力を確保するという運用は、なされないこととなったのである。

そして、この進水式の場にて新型戦艦――基本計画番号A－140H3――は、正式に戦艦〈大和《やまと》〉と命名された。

猪名中佐は、この進水式の場に立ち会っていた。すでに彼は海軍省兵備局の人間ではなく、戦艦〈大和〉の艤装員《ぎそういん》として職務に励んでいた。

戦艦〈大和〉が竣工《しゆんこう》したあかつきには、彼は初代の砲術長になるはずだった。もっとも、それについては彼自身も半信半疑ではあった。

なるほど海軍大学校こそ出ているものの、彼のキャリアの多くは海軍省・軍令部の赤レンガ勤務であり、艦船部隊の経験はごく短かった。

普通であれば、戦艦〈大和〉の砲術長になるには、軍艦の砲術長経験などを経て、それからやってくる。にも拘わらず猪名中佐が砲術長に抜擢されたのは、赤レンガでの彼の評判と、彼の見識ゆえらしい（その物言いは、反感を買いがちだが）。

また〈大和〉の初代艦長となる高柳儀八《たかやなぎぎはち》大佐も砲術の大家《たいか》であり、何かあれば猪名を指導できるとの考えもあったという。

言い換えれば『頭でっかち』な人事ともいえる。それでも、あえて海軍省人事局が軍令部の了解をとりつつ、そうした人事を行ったのは、戦艦〈大和〉が連合艦隊旗艦《きかん》となることが決まっていたためだ。

つまり海軍省人事局の真の意図は、猪名に軍艦の砲術長を経験させ、連合艦隊司令部参謀にすることにあった。

もっとも、この人事案自体は、猪名中佐をどう解釈するかにより、いくつかの機関による毀誉褒貶《きよほうへん》の合成ベクトルの着地点的なところも少なくなかったが。


高柳艤装委員長（艤装委員長が、そのまま艦長に就任するのが通例）は、艤装員としての猪名中佐と仕事をする中で、彼の見識に興味を覚えていた。

いずれ猪名中佐を連合艦隊《GF》参謀に、という話を艤装員の中で知っているのは高柳大佐だけで、他の人間は猪名中佐本人を含め、まだ知らない。何事にも秘密が多いのが、この戦艦だ。

「猪名委員は、〈大和〉は戦場に出ると思うか？」

鉄製の立体迷路のようなこの戦艦は、うっかり道に迷うことさえ珍しくない。しかし、こうした他人に誤解されやすい時事問題を議論する時には都合がよかった。騒音が大きく、他人が近寄らない。

「現状のままでしたら、戦場に出る公算は非常に高いと思います——残念ながら」

高柳はどきっとした。いやしくも海軍軍人が『残念ながら』と、取りようによっては敢闘《かんとう》精神に欠けるような発言をしたからだ。

ただ、その『残念ながら』の気持ちは高柳大佐も同じである。

「北部仏印《ふついん》進駐が行われ、日独伊《にちどくい》三国同盟も締結《ていけつ》されました。米英との敵対関係は抜き差しならなくなるのではないでしょうか」

「ドイツは優勢だがな」

「だから心配です」

「だから、心配？」

「孫子《そんし》に『他者を当てにしないで、己が勝てる態勢にあることを当てにせよ』とあるじゃないですか」

「ドイツの快進撃を当てにするなということか」

「ヨーロッパの大陸国が快進撃を続けても、アジアの海洋国家をとりまく環境には、なんの変化もないでしょう。

しかも、同盟まで結んでしまえば、もしもドイツが躓《つまず》けば、日本も一蓮托生《いちれんたくしょう》になりかねない」

「ここだけの話だな、それは」

「はい、そのつもりです」

高柳大佐は、それでも、このいささか物を言いすぎる砲術長の将来に不安を覚えた。

平凡な海軍将校なら、海軍と共に闘ってゆけばいい。そこに疑問はない。楽な生き方であり、ある意味、賢い生き方だ。

だが猪名のような男は、海軍と共に戦う前に、まず身内であるはずの海軍と戦わねばならない。保身よりも先に、己の本分を尽くすことを大事に思うからだ。

猪名が色々な海軍の部門に対して意見を述べ、時に異を唱えるのは、自分がそうしても、それを受け止めるだけの器量が海軍にあると信じているからだ。海軍を信じているからこそ、間違っていると思えば、海軍のやり方に異を唱えられる。以前からそうであり、今もそうで、この先もそうだろう。

そして猪名を前にすると、どうしても高柳大佐は自分のことを考えないわけにはいかない。戦艦〈大和〉の艦長として、自分に乗員である猪名を守るだけの覚悟があるのか、と。


昭和一六年になると、日本をとりまく国際環境は悪化していった。事態を打開すべく日本が行った施《し》策《さく》は、ことごとく裏目に出た。

三国同盟を締結すれば、アメリカやイギリスの態度を硬化させただけでなく、母国をドイツに占領されたオランダ領インドシナ総督府も、日本に対する石油などの資源輸出を禁止する方向で米英と足並みを揃える。

七月二三日には、米英に対する圧力として南部仏印に進駐するが、これも相手からの妥協ではなく、強硬姿勢を生むだけに終わった。

特にこの南部仏印は、陸軍内部にさえ『戦争になりかねない』と反対意見が強かったにも拘わらず、一部の高級軍官僚の暴走により実施され、軍中央が現状追認に甘んじるよりないという悪例を残した。

そして、こうした状況の悪化は、戦艦〈大和〉にも無縁ではなかった。当初予定されていた就役予定は、数度にわたる前倒しの末に、一一月一五日と決定した。

それは一一月一五日に工事を終わればよいということを意味しない。あくまでも就役であるから、この時点で海軍が受領できるだけの試験などを終わらせなければならず、いわゆる艦の工事は、さらに二カ月近い前に終わらせておく必要があった。

戦艦〈大和〉の建造は厳重な情報統制の中で行われてはいたが、これだけの巨艦であるから、存在を秘匿するには限界があった。

最終工事のために、〈大和〉が呉海軍工廠のドックから海に引き出されたのが九月五日。もはや、その姿を隠すことはできない。

それでも、呉の人々はそこに存在する戦艦がいないかのように、海軍工廠を見る時には視線を逸《そ》らして生活する。

それが基礎計画番号A－140H3であることなど、一般市民が知る由《よし》もない。その名が〈大和〉であることさえ、知る者はごく希《まれ》だった。

だが人々は、より適切な名前でその戦艦を呼んだ――不沈艦《ふちんかん》と。

海軍関係者は、『不沈艦』という呼び方に好感を抱いていた。なぜなら、自分たちが目指してきたものこそ、その不沈艦に他ならないからだ。

すでに戦艦〈大和〉内では、乗員たちの部屋割りと、連合艦隊司令部職員の部屋割りもできていた。

そして一〇月中旬には、各部の試験が始まり、問題がなければ海軍に受領される。それまでは呉海軍工廠の所有であり、軍艦でさえないので、機材関係を扱う海軍工廠の会計部長が責任者となる。

工事中は、高柳艤装委員長を筆頭に『高柳事務所』が設けられ、猪名中佐らもそこに詰めていた。

当初は幹部のみ一〇人前後の陣容《じんよう》も、慣熟試験が具体化する頃には出入りする人間の数が一二〇人を超えるまでになっていた。

そんな猪名中佐の前に出雲艦長が現れ、酒を飲みに誘われたのは、戦艦（正確には軍艦）〈大和〉就役まで、残すところ数日という時であった。

やるべきことは、ほぼすべて終わり、残るは最終点検と引き渡し式だけ。あれだけ多忙であった『高柳事務所』も、一時と比べればすっかり暇となっていた。

艤装委員長の高柳大佐も、そうした委員たちに休養を促していた。

「ついに不沈艦の砲術長か、おめでとう」

出雲と猪名の間柄でも、戦艦〈大和〉に関する話題はほとんどタブーのようになっていた。寺町の件もあり、猪名でさえ新型戦艦についての議論は、部外者にはしなかった。

出雲はそんな猪名の変化に、時局の変化を重ねていた。常に疑問を誰にでもぶつけていた人間でさえ、話題に気をつけねばならない、閉塞《へいそく》した空気が今の日本にはある。

それでも世間は、都市部だけを見れば好景気に沸いている。日華事変の泥沼化は、一方で軍需産業を中心とした製造業の好景気を生んでいた。

東京や大阪なら千人針《せんにんばり》や慰問袋《いもんぶくろ》も、金を出せばデパートが戦地に送ってくれた。ただ、そうした好景気の分け前に与《あずか》れない人間も多い。都市と農村の格差、都市部の所得格差、官と民の格差。

そうした社会矛盾が、社会の閉塞感を増す。だから豊かな人々が戦争を恐れる一方で、貧しい人々は体制変革の可能性を戦争に求め、戦争を恐れつつも望んでいた──今より悪くはならないだろうと。

「実は、今回は私用で来た。まぁ、公務は別にあったのだがな」

「それで、私用とは？」

猪名も、あえて公務の中身については聞かない。

「君に、こういうことを頼むのは筋違いなのは十分、承知しているし、時局を考えたなら、君を選ぶのは人選の誤りかもしれない。しかし、生きている限り、人として信頼できる人間の一人が、君だ」

「生きているからって、どういうことです。酔《よ》ったんですか？」

「まだ素面《しらふ》だ。素面だから頼むのだ。自分が任務から戻らなかったら、幸子《さちこ》を頼む。もしも縁があったなら、あれを猪名の嫁にしてやってくれ」

「ちょっと、出雲さん、何を言ってるんですか！　戦地に出れば命の危険もあるでしょう。しかし、事変に参戦するからと、死ぬというのは大袈裟《おおげさ》では。陸軍ならいざ知らず」

「戦場が南シナ海かどこかなら、自分もこんな頼みはしない。

知ってのとおり、幸子は名前とは裏腹に幸《さち》の薄い女だ。自分と結婚したことで、やっと家と家族を持てた。自分が死ねば、幸子は再び天涯孤独《てんがいこどく》の身になる。だからこそ、君に頼みたい。

君ならば、幸子も幸せになれるだろう」

「幼馴染《おさななじ》みだし、奥様のことは存じてます。しかし、出雲さんの話は無茶苦茶じゃないですか。

軍人は死ぬのが仕事とは言いますけど、そんな簡単に死ぬもんじゃありませんよ。

どこなんです……？　南方程度で、そこまで悲観しませんよね」

「先月の一九日だ。山本五十六《やまもといそろく》連合艦隊司令長官が、辞職を切り札に、軍令部に真珠湾《しんじゅわん》への奇襲作戦を認めさせた。

海軍の大型空母六隻すべてがハワイに行く。そして〈利根〉と〈筑摩《ちくま》〉は、航空艦隊の目となるべく、出撃する」

「ハワイ奇襲ですって⁉」

猪名は今まで、自分たちの〈大和〉だけが厳重な機密管理の下《もと》に置かれているのだと思っていた。だが、海軍の重要機密は、戦艦〈大和〉だけではなかったのだ。

「空母六隻の航空戦力で真珠湾の艦隊を奇襲攻撃し、撃滅する」

「イギリス海軍のタラント軍港奇襲みたいな？」

「タラントを知っているとは、さすがだな。そう、あれで山本長官は空母によるハワイ奇襲を思いついたらしい。

海軍大学校と横須賀航空隊で、二度の図上演習が行われた」

「結果は？」

「詳しくは知らんが、図演では艦隊の損失は軽微だったらしい。空母が一隻、失われる程度の。

だが連合艦隊による判定はかなり作為的《さくいてき》だったという話だ。作戦を認めさせるために、意図的に損害を軽微に見せたとな。

常識で考えるなら、真珠湾を攻撃した時点で、艦隊は敵の哨戒機に発見され、奇襲は失敗し、強襲となるだろう。

その場合、敵艦隊との砲戦にはならず、航空戦となるはずだ。

航空戦となれば、こちらにも空母は六隻ある。一方的にやられはせんだろう。しかし、敵の本拠地を攻撃しようとして接近した以上は、相応の覚悟がいる。

アメリカには四発の大型爆撃機もあるらしい。爆弾を何トンも積めるそうだ。そんなのが何十機とやって来る」

「ですが、こう言うと不謹慎《ふきんしん》と言われるかもしれませんが、敵の主目標は空母では？」

「空母だ。だが、〈利根〉〈筑摩〉は何をする？　空母を守らねばならん。対空火器として考えれば、二〇センチ砲は強力だぞ。

だとすれば、まず敵は〈利根〉と〈筑摩〉を叩き、黙らせる」

出雲は、そこで杯《さかずき》を呷《あお》った。

「自分は生きて戻ってくる。そのために戦う——精一杯な。艦長たる者、部下の生命を守らねばならん。だが、人事を尽くして天命を待つのも軍人だ。だから、その時は頼む」

出雲は畳《たたみ》の上に手を突いた。

「そんな真似《まね》はやめて下さい。やっぱり、酔ってるんですよ。分かりました、私がウンと言えば、後顧《こうこ》の憂《うれ》いもなくご奉公できる——そういうことですね」

「そういうことだ。分かってくれたら、さぁ、今夜は飲もう！」

「出雲さん、言いたくはないですけど、悪い酒ですね」

戦艦〈大和〉は昭和一六年一一月一五日に、正式に呉海軍工廠より海軍へ受領された。進水式ほどではないが、それでも海軍籍に入った祝典は、地味なものであった。

この時、戦艦〈大和〉艦内で真珠湾攻撃のことを知っている人間は極《ご》少《く》なかった。機密は十分に守られていた。

ただ、日米交渉が決裂状態なのは誰もが知っている。そうなれば南方の資源地帯を確保するための作戦が実行されることも、周知されていた。

その作戦には、就役したばかりの戦艦〈大和〉も参加する。だから就役したその日に、戦艦〈大和〉は訓練のために呉を出航した。

訓練の中、猪名砲術長は、戦艦〈大和〉と併走するように航行する重巡洋艦〈利根〉の姿を認めた。

猪名砲術長は、ただ一人、重巡洋艦〈利根〉のために敬礼する。彼には出雲艦長の返礼が見えるような気がした。

# 新戦艦〈大和〉
## 発進編

軍令部

# 六章　新型戦艦・初陣

海軍

戦艦〈大和〉は連合艦隊旗艦となるべく建造された。それは、作戦室など艦隊司令部が作戦を行う上で必要なインフラとスタッフの居住施設を用意することを意味していた。

ただ横須賀で建造工事を進めている二番艦、戦艦〈武蔵《むさし》〉も同様の機能を具現《ぐげん》している――つまり必要に応じて、どちらも連合艦隊司令部を収容できるということだ。同時に連合艦隊司令部が置かれていない戦艦は、他の艦隊司令部を収容できるということでもあった。

就役した翌日には、戦艦〈大和〉は連合艦隊司令部旗艦とはならないことが、正式に関係者に伝えられた。

本来なら連合艦隊旗艦として第一艦隊第一戦隊に編入されるはずの戦艦〈大和〉は、すぐにサイゴンにある南遣《なんけん》艦隊に編入されることとなったためである。

突然の南遣艦隊編入の原因は、日本ではなくイギリスにあった。

南遣艦隊は仏印から中国南岸を担当する艦隊として、七月三一日に新編された。一週間ほど前には、陸軍による南部仏印進駐がなされている。この艦隊は、そうした事情から編成されたものだった。

ただ、この時点での南遣艦隊は軽巡に若干の艦艇がともなうだけの弱小艦隊にすぎなかった。海軍としては、南部仏印進駐後の影響を十分に読み切れておらず、方針が立てられなかったことも大きい。

そもそも、アメリカを主たる仮想敵としていた海軍には、仏印方面での作戦案などないに等しい。兵站《へいたん》のことを考えれば、すぐに編成できる艦隊の規模には自ずと限界がある。

そして南部仏印進駐は、アメリカ・イギリスとの関係を悪化させるだけに終わった。ここに至って、海軍は南進策を具体化するために、南遣艦隊の陣容

# 大和型戦艦 軍艦〈大和〉

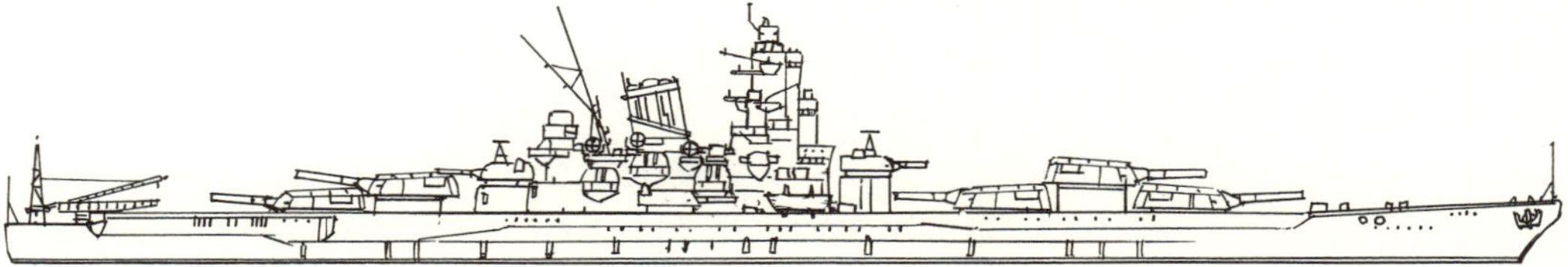

## 諸元

| | |
|---|---|
| ■起工 | 昭和 12 年 11 月 4 日 |
| ■主機積み込み | 昭和 14 年 5 月より 11 月 |
| ■汽罐積み込み | 昭和 14 年 5 月より 10 月 |
| ■進水 | 昭和 15 年 8 月 8 日 |
| ■竣工 | 昭和 16 年 11 月 15 日 |
| ■基準排水量 | 5 万 5000トン |
| ■満載排水量 | 6 万 5120トン |
| ■全長 | 270m |
| ■水線長 | 262m |
| ■全幅 | 34m |
| ■最大速力 | 32 ノット |
| ■航続力 | 16 ノットで 7200 浬 |

| | |
|---|---|
| ■主兵装 | 50 口径 40 センチ砲　連装砲塔　5 基 |
| ■副砲 | 60 口径 15.5 センチ砲　三連砲塔　4 基 |
| ■航空兵装 | カタパルト 2 基　艦載機　8 機（観測機 4 機　水上戦闘機 4 機） |
| ■乗員 | 1791 人 |
| 士官 | 64 人 |
| 特務士官 | 22 人 |
| 准士官 | 19 人 |
| 下士官 | 446 人 |
| 兵 | 1240 人 |

■主砲台 1 基当りの配員 58 人

強化に乗り出した。

こうした強化策は、人事にも及んでいた。一〇月一八日には、サイゴンに南遣艦隊司令長官として親《しん》補《ぽ》された小沢治三郎《おざわじさぶろう》中将が将旗をあげた。

こうした動きは、少なからずアメリカ・イギリスに対する牽制の意味もあった。だが、イギリスは――というより、チャーチル首相はそうした日本軍の動きに対決姿勢で臨んだ。

かねてより戦艦〈プリンス・オブ・ウェールズ〉と巡洋戦艦〈レパルス〉のシンガポール派遣を望んでいたチャーチルに対して、イギリスの国防委員会は、その派遣を認める決定を下した。

小沢艦隊司令長官のサイゴン着任三日後の一〇月二一日のことであった。

当時、世界最強と謳《うた》われていた戦艦〈プリンス・オブ・ウェールズ〉と巡洋戦艦を派遣することは、軍事的にはイギリス国内にも異論はあった。

シンガポールの艦隊は、主力艦が強力なのに対して、補助艦艇（軽巡三・駆逐艦七）が貧弱《ひんじやく》というバランスの悪い艦隊であったからだ。

それはチャーチル首相も理解しており、これは海軍力の存在感《プレゼンス》を誇示することで、日本の動きを牽制する意味が強かった。かつて軍令部で猪名中佐が主張したようなロジックを、チャーチル首相は実行したのだ。

しかし、こうした日英間の牽制策は、どこまでも食い違い続けた。

戦艦〈プリンス・オブ・ウェールズ〉と巡洋戦艦〈レパルス〉が配備されたことで、海軍はマレー侵攻作戦に当たって旗艦として考えていた重巡洋艦〈鳥海《ちようかい》〉を、急遽《きゆうきよ》、新戦艦〈大和〉に変更した。

世界中が、日本が新型戦艦を建造していたことを知っていたが、それがどんなものかは誰も知らなかった。

主砲の口径さえ不明であり、未知の新兵器と思われていた戦艦〈大和〉――海軍はそれを投入することで、シンガポールのイギリス海軍の動きを牽制しようとしたのである。

常識で考えるなら、いかに乗員に精鋭を揃《そろ》えたとしても、就役したばかりの戦艦を作戦に投入するなどあり得ない。

しかし、海軍力のプレゼンスを誇示するとなれば、戦艦〈大和〉以上に適役はない。

この時点では、開戦を回避し、交渉で事態の打開を図れるかもしれないという希望も、可能性は小さいながらもまだ残されていた。

十一月二十七日に、アメリカから日本に提示された交渉文書――いわゆるハル・ノートにしても、それを最後通牒《つうちょう》と受け取る意見も多かったが、そこには『これは試案であって決定案ではない』と記されており、交渉の余地は残されていた。

アメリカ政府も、日本側の選択肢を四つ想定していたが、最終的には日本は開戦に踏み切る可能性が高いと考えていたようだ。

一方で、九七式五〇口径四〇センチ砲の圧倒的な威力と電探をもってすれば、必ずしも慣熟が万全でなくても戦艦〈大和〉は闘える、との意見もあった。

言い換えれば、この新型戦艦がどこまで闘えるか確かめたい――そういうことだ。

こうしてサイゴンに戦艦〈大和〉が碇《いかり》を下ろしたのが、昭和一六年一一月二九日。

補給やら艦隊司令部の移動やらで慌ただしい中、一二月二日を迎える。

この時点で、海南島《かいなんとう》の三亜《さんあ》市には、マレー作戦のための上陸部隊を乗せた第一次輸送船団二〇隻が集結し、さらにサイゴンの外港であるサンジャックにも七隻の輸送船団が停泊していた。

そしてこの日、日本より通信が届く。

『ニイタカヤマノボレ　一二〇八《ヒトフタマルハチ》』

連合艦隊司令長官・山本五十六長官からの命令文だった。これにより外交交渉が完全に行き詰まった結果、戦争になることが決定した。

もっとも南遣艦隊のほとんどの将兵が、この命令に対して、さほどの驚きは感じなかった。

結局のところ、戦艦〈大和〉が南遣艦隊旗艦となっていること自体が、戦争の可能性が低くないことを表しているのだ。

それに小沢長官に至っては、輸送船団の中で足の遅い貨物船三隻を、昨日のうちから先行させていた。

奇《く》しくもこの一二月二日は、シンガポールに戦艦〈プリンス・オブ・ウェールズ〉と巡洋戦艦〈レパルス〉が到着した日でもあった。

『何かあったら幸子を頼む』

猪名砲術長は、これから始まるであろうマレー攻略作戦よりも、重巡洋艦〈利根〉の出雲艦長のことを思っていた。

『ニイタカヤマノボレ』の電文は、第一航空艦隊でも傍受《ぼうじゅ》されているだろう。六隻の空母は真珠湾を攻撃する。

そして敵の反撃があった時、出雲艦長は重巡〈利根〉を対空戦闘の拠点として、艦隊護衛を行う決心を固めていた。

真珠湾奇襲が失敗するか成功するかは分からない。冷静に考えるなら、完璧な成功は難しいだろう。

交通量の多い海域を、大艦隊が、誰にも発見されないまま真珠湾に接近できるとは思えない。よほどの幸運でもない限り。

とはいえ、反撃に遭《あ》ったとしても、こちらには空母もあり、艦隊が全滅するようなこともないはずだ。

現実的には、痛み分けで終わるような形になるのではないか。図上演習でも、空母は沈められたというではないか。

果たしてそうした状況で、出雲艦長の〈利根〉は生還できるのか。『幸子を頼む』という出雲艦長の言葉が、猪名砲術長に妙な重さとなって胸に溜まる。

だいたい自分が今、考えるべきは、出雲夫妻のことではない。マレー作戦のこと――あるいは真珠湾作戦のことではないのか。

猪名砲術長は作戦に頭を切り替えはするのだが、喉に刺さった小骨のように、出雲艦長の頼みが頭の隅で囁《ささや》き続ける。

南遣艦隊と海南島の南端にある三亜港《さんあこう》にいた陸軍第二五軍の船団は一二月四日に、それぞれの寄港地を出航する。最終的にはすべての艦艇と船団は合流し、作戦の部署に就くことになる。

航海は比較的、順調に進んでいた。ただ現時点で、日本軍の意図を知られてはならない。艦隊は、あくまでもタイを目指しているかのように進む。

一二月六日午後一時、戦艦〈大和〉の電探室から猪名砲術長に報告が届く。電波探信儀の職掌《しょくしょう》はどこであるべきかの議論は、海軍内でも決着がついていない。

航海兵器として航海科という意見と、電波兵器なので通信科という意見、さらにもともとアウトレンジ戦法の文脈から開発されたので砲術科という三つの立場があった。

砲術科が電波探信儀に関わろうとするのは、射撃用電探の可能性を見越してでもあった。

このように所属が曖昧《あいまい》な電波探信儀だが、戦艦〈大和〉では当然のように砲術科の担当となっていた。水平線の彼方の敵を発見する――そこから開発が始まったのだから。

「艦長、電探が敵機らしき航空機を捉えました。南東より接近中、距離六万、大型の飛行艇と思われます」

猪名砲術長が高柳艦長に電話で一報を入れる。艦長と砲術長は異なる部署にいるために、報告は電話となる。

そして高柳艦長から南遣艦隊司令部に電探の結果が報告された。艦隊における電探の運用については、彼のごとく、まだ練られていない。

命令系統としては、砲術長↓艦長↓艦隊司令部の順で正しいが、伝達する猪名砲術長も無駄な手間が多いように思えた。

電探の報告を聞いた小沢司令長官は、艦隊に取《と》り舵《かじ》を命じて、イギリス軍の哨戒機をやり過ごさせた。

雲もあり、偵察機が飛行艇で発見が早かったこと、さらにイギリス軍機の針路が南遣部隊に直接向かっていたわけではないこともあり、飛行艇はそのまま飛び去ってゆく。

南遣艦隊が針路を元に戻したのは、電探が偵察機の姿を見失ってからだった。


「艦長、次からは〈大和〉の電探の情報は、司令部に直接報告を受けたいが、どうか?」

「直接ですか」

高柳艦長は、小沢司令長官の要求に対して、即答できないでいた。

〈大和〉の電探の情報を、艦長を飛ばして司令長官が受ける――高柳艦長は、小沢から電探の探査結果を教えられる形になる。

それは組織の情報の流れとしては問題だ。だが、情報処理の合理性・即応性からいえば、小沢司令長官の要求の方が確かに理には適っていた。

「分かりました。軍隊区分により、砲術科の電探部は司令部に編入しましょう」

「そうしてくれるか、ありがとう」

電探部を戦艦〈大和〉の艦内編制から切り離して、南遣艦隊司令部に編入する――それは便宜的《べんぎてき》なことで、誰かが一ミリも移動するわけではない。

しかし、これにより電探の情報は、真っ先に艦隊司令部の知るところとなる。

艦内編制からいえば、艦の一部を艦隊司令部が直接、操作するとも解釈できる。極端な話、小沢司令長官が艦長や砲術長を飛ばして、直接、主砲に命令するようなことにもつながりかねない。

艦内のものは艦長が管理する――それは艦隊の原則だ。にも拘わらず電探を高柳艦長が艦隊司令部に委《ゆだ》ねたのは、国運をかけた大作戦の前には、手順よりも合理性が優先されると考えたからに他ならない。

同時に、小沢司令長官の人間性を信頼しているためでもある。この人なら、例外的な対処をしても暴走はしないとの信頼だ。

それに、電探がどこに帰属すべきかは、海軍内でも議論がある。それだけ動かしやすいのも確かであった。

電探を艦隊司令部の管轄《かんかつ》にしたことで、意外な効果が生まれることになる。

分散して移動してきた三亜の船団が、イギリス軍機と思われる偵察機に発見された。

船団は予定の針路変更を行わずに、そのままタイに向かって進んでいるように見せた。イギリス軍機は船団を数時間にわたり追跡したが、針路変更が行われなかったために、帰還したという。

イギリス軍機に意図を悟られなかったのは幸いだったが、これにより分散していた船団と艦隊の合流は午後から夜間にずれ込むこととなった。

海軍艦艇は、そうした夜間での集合に問題はなかったが、船団のほうはそうはいかない。船員の技量という話ではなく、日本は船団を組んだ経験に乏しい。経済性からいえば、独航船を順次回してゆく方が効率的だ。

船団はどうしても回転率が悪くなり、日本の船会社ではまず行われない。その関係で建造される商船も、似てはいるが細目《さいもく》が違う船ばかりだった。運動性能や巡航速度も異なり、船団としてまとまって活動するには、あまり向いていない。そうした船舶で船団を組み、航行するだけでも大変だ（にも拘わらず、それをこなしている船長たちの技量には驚くものがあるわけだが）。

そんな船団で、夜間に艦隊や他の船団との合流を行うのは、簡単ではない。

しかし、今、南遣艦隊には電探があった。艦隊司令部は電探により船団をいち早く発見し、適切に誘導し、予想以上の短時間で合流を果たすことができた。

この間、シンガポールのイギリス軍は、タイに向かう船団以外には、何も発見できていなかった。艦隊が電探で偵察機を避けていたことを、彼らは知らない。

イギリス軍司令部は、南遣艦隊がサイゴンから動いていたことは現地の人間により把握《はあく》していたものの、それがマレー半島方面にもタイにも向かっていないことと、さらには船団とも別行動であったことから、なんらかの訓練と解釈していた。

サイゴンに新型戦艦が入港したのは彼らも知っていたが、同時に、それが就役間もないことも分かっていた。

このためイギリス軍司令部は、南遣艦隊は慣熟訓練に出たものと判断した。牽制のために派遣されたとはいえ、戦力化するためには然《しか》るべき訓練と時間が必要だ。

それは常識的な結論であり、正直、連合艦隊とて可能なら戦艦〈大和〉の慣熟訓練は納得できるまで行いたいところである。

しかし、状況がそれを許さない。日本艦隊は現在進行形で訓練を行いながら、マレー半島に向かった。

合流した艦隊と船団がマレー半島に舵を切ったのは一二月七日の午前であった。

「思ったほどイギリス軍の航空哨戒は密《みつ》ではないのだな」

小沢司令長官は、電探という馴れない電波兵器が、思いのほか役に立っていることに驚いていた。

漠然《ばくぜん》と、電探は砲戦を行うために水平線の彼方の敵を発見する発明――その程度の認識しかなかった。

最初から航海科が扱う航海兵器という認識ならまた違ったのかもしれないが、戦艦〈大和〉のそれは砲術科であり、その時点で大砲の一部という意識になったのだ。

だが、いざ電探を使ってみると、それは大砲の一部などではないことが分かった。それどころか、敵機をいち早く察知し、さらに今、夜間の船団編成にも大きな力を発揮した。

小沢司令長官が、電探について後悔するとしたら、その真価をもっと早く見抜けなかったことだろう。もしも電探の真価をもっと前に見抜けていたならば、今回の作戦もかなり違ったものになったかもしれない。

そう思わせるだけのポテンシャルが、電波探信儀にはある。

「哨戒網が密でないというのは、イギリス軍は我々の侵攻に気がついていないということですか？」

参謀長は、電探の反応をそう解釈した。

「そうでありたいものだな」

小沢司令長官は、参謀長と同じ意見ではあったものの、あえて楽観的な解釈を自分に対して戒《いまし》める。

人は、自分に都合のいい解釈をしたがるものだ。しかし、国運をかけたこの作戦では、慎重になりすぎるということはないだろう。

敵は、あえて自分たちを誘い込むために音なしの構えをしている――それくらいのつもりで采配を振るわねば、勝てる闘いも勝てなくなる。

もちろん小沢司令長官は、心構えは心構えとして、日本軍の勝利は疑っていない。陸軍第二五軍の兵力は、イギリス軍守備隊のほぼ倍である。

航空戦力はさらに圧倒的で、輸送機などを除いたとしても、日本陸軍が投入した航空兵力で四五九機、海軍のそれが一五八機の計六一七機に及ぶ。

対するマレー半島のイギリス連邦軍機は、推定で一五八機であり、日英の航空戦力の差は約四対一となっていた。

制空権は間違いなく日本側にあり、海戦も陸戦も日本の制空権下で行われる。負けるはずがない。

唯一の懸念《けねん》が、シンガポールの二大主力艦だ。近藤信竹《こんどうのぶたけ》長官の第二艦隊には戦艦〈金剛《こんごう》〉と〈榛名《はるな》〉の二隻がある。それと戦艦〈大和〉が加われば、負けるはずはない。

ただ第二艦隊は南遣艦隊とも離れており、万が一の場合には、戦艦〈大和〉一隻でイギリス戦艦二隻を相手にすることになる。

マレー作戦の肝《きも》は、兵站線の確保にあった。イギリスは植民地支配に必要な分の交通インフラにしか投資しておらず、マレー半島内の鉄道や道路網は、十分とは言い難《がた》い。

このためマレー半島内の鉄道と幹線道路の迅速な確保と、それらとタイ領の鉄道との確実な連結が可能か否《いな》かが作戦の成否《せいひ》を左右した。

ゆえにイギリス領マレー半島を攻略する作戦は、八カ所での上陸が行われるにも拘わらず、七カ所がタイ領内の要地であり、イギリス領はコタバルだけだった。

ただ、ここには航空基地があるのと、交通の要《よう》衝《しょう》であるため、真っ先に確保しなければならない。

天候は必ずしも良くなかったが、イギリス軍機を巧《たく》みに避け、小沢艦隊は発見されないまま、やがてそれぞれの船団が上陸地点に向け分散していった。

真っ黒に塗装された水上偵察機が発艦準備を進めていたのは、一二月七日があと三〇分で八日になろうかという深夜だった。

「東風が強いようだが、出せるか？」

猪名砲術長は、飛行長に確認する。

「海は荒れているようですが、発艦は可能です。大丈夫、行けますよ」

「そうか、ありがとう」

猪名砲術長も、指揮所で待機していた。上陸前にコタバル飛行場の航空機を撃破する必要がある。

コタバル飛行場の位置は分かっているので、単純に砲撃をかけることは可能だ。しかし、コタバル飛行場には占領後、日本軍が進出する計画となっている。だから砲撃は精密に行わねばならない。敵航空戦力を奪いつつ、基地は可能な限り無傷で占領する必要がある。

時間になった。発艦する機体は三機。偵察機、予備の偵察機、そして零式水上戦闘機。

零式水上戦闘機は零戦の乙型をベースにしている。そもそも戦艦の艦載機なので、航続力はあまり重視していない。

それよりも火力が重視されていた。双フロートの戦闘機なので速力や運動性能には、どうしても限界があるからだ。

反面、構造強度は甲型よりも余裕があるので、重武装化はしやすい。

このため零戦乙型ベースの零式水上戦闘機は、一一型の生産は数機で終わり、軍艦搭載用は二一型――つまりエンジンは同じで、機体だけ改修された型が中心だった。

その機体の改修とは、二〇ミリ機銃四門搭載という重武装化だった。日華事変などの戦訓より、水上戦闘機は、水上の小艦艇や商船攻撃を行う場面が多かったためだ。

また事例としては一件だけだが、この二一型が華南方面の戦闘で中国軍のソ連製装甲車を撃破していた。

海軍としては、装甲車を撃破したからなんだという話ではあるが、今回のマレー作戦のような戦場では、二一型の対車両戦闘力も陸軍部隊の支援に役立つと思われていた。

そうした三機が、今、飛び立つ。闇の中で、カタパルトが発する火薬の炎だけが、軍艦の上で一瞬、闇を消した。

零式水上戦闘機の操縦員は、正直なところ、自分の具体的な任務をイメージできていなかった。

むろん命令は理解している。彼は優秀な操縦員だ。さもなくば、夜間飛行には出されないだろう。

ただ、彼が分からないのは、任務の比重だ。基本的には観測機の護衛。だが、必要に応じて地上破壊
――分からないのは、この部分だ。

――地上破壊を戦艦〈大和〉がするから、そのための観測機ではないのか?

とはいえ、零式水上戦闘機でできることは限られる。二〇ミリ機銃四門は航空機としては圧倒的な火力だ。

しかし、携行弾数が少ない。何機か攻撃したら、残弾はゼロになる。

また、この二〇ミリ機銃は弾道特性はあまり良くない。初速が低いからか、流される傾向にある。

それでも四丁あれば命中弾も出るだろうが、本音《ほんね》をいえば、上の人たちが言っているほど火力が強化されたかは疑問だった。

おそらくその辺の認識のズレが、自分が任務に違

和感を覚える理由だろうか。

——質問をすればよかったか？

それは思う。今は思う。だが命令を受けた時は、自分もそれどころではなかった。

海軍の大作戦の先鋒《せんぽう》となるマレー侵攻作戦で、最初に引き金を引くのは自分になる。今なら、コタバルの手前で廻れ右すれば、戦争は起こらない。

しかし、自分が引き金を引けば、もはや戦争は不可避だ。むろん、引き金を引かなくても戦争にはなるのだが、敵に最初に銃口を向けるのが自分だと気がついた時、彼は命令の曖昧さに気がつくどころではなかったのだ。

あるいは、飛行長も同じだったのかもしれない。

コタバル周辺の空は暗かった。天候が荒れているためか、白波が見え、それが叩きつけられることで、海岸線の姿が見える。

海岸に陣地があるのだろうか。そこまでは分からない。しかし、あると考えるのが常識だろう。

緊迫した情勢の中、戦争になればマレー半島への侵攻は不可避であろうし、マレー半島を攻略するなら、コタバル飛行場は放置できない。

たとえスパイなどいなくとも、攻守互いに理詰めで考えていけば、双方、同じ結論に至ることは希ではないのだ。

真っ暗なコタバルの空が突然、輝いた。吊光投弾《ちょうこうとうだん》が観測機から展開されたのだ。正・副二機の観測機が、コタバル飛行場にそれを展開する。

飛行場はマグネシウムの光に照らされ、地上の機体を明るく照らす。戦艦〈大和〉の電探は、吊光投弾を展開した観測機の距離を、正確に計測しているはずだ。

錨頭は吊光投弾を観測すれば計測できる。副観測機が先に展開し、次に正観測機が地上の状況を計測して錨頭を決め、二回目の吊光投弾を展開する。

正・副観測機の吊光投弾は色が違うので、戦艦側ではどこに錨頭を合わすべきかが判断できるはずだった。

突然の吊光投弾に、基地の様子はにわかに慌ただしくなった。

さすがにイギリス軍も完全に眠っていたわけではないらしい。ラッパやサイレンが鳴り、総員が動き出す。

驚いたことに、一機の爆撃機が動き出そうとしている。

——何かの都合で出撃準備を整えていたのか？

そう判断すると、彼の決断は早かった。一気に高度を下げると、ようやくエンジンが始動し、滑走《かっそう》を始めたばかりの爆撃機に、彼は四丁の二〇ミリ機銃で銃撃を加えた。

滑走路に当たって弾けた銃弾が、田圃《たんぼ》の稲のように一列に走る。だが、その直線は確実に爆撃機を捉えた。

爆撃機は速度が上がったところで銃撃を受け、滑《かっ》空《くう》できないまま滑走路をオーバーランして横転《おうてん》し、爆発する。

吊光投弾だけでなく、爆発炎上した爆撃機もまた、コタバルの飛行場を照らした。

この間、おそらく三分とないだろう。コタバル飛行場のイギリス兵にとって、ともかく攻撃されていることは明らかだった。

戦闘機や爆撃機に駆け寄ろうとする将兵の前に、一〇発の四〇センチ砲弾が次々と弾着した。

イギリス軍は、日本軍の攻撃を航空機によるものと思ったらしい。それが常識というものだ。

海岸線の見張り台も、海上に何も発見できていないだろう。その状態で、水平線の彼方から砲撃されるなどとは予想もしていなかったに違いない。

コタバル飛行場への戦艦〈大和〉からの砲撃は比較的、短時間に終わった。コタバル飛行場の航空戦力は、予想に反して二〇機足らずの小規模なものだったからだ。

駐機場への砲撃で、それらの爆撃機や偵察機は、すぐに地上から一掃《いっそう》された。

イギリス軍は、何が起きているのか分からなかったらしい。海上に軍艦の姿はなく、上空に敵機がいて、滑走路では爆発が起きている。これらの事実から、彼らは自分たちは空襲されていると判断した。

そして何が起きているのか判然としないまま、それらしいものに対して、果敢《かかん》に対空戦闘を開始した。

現実に三機の日本軍機が飛行しており、それに対して攻撃を加えたものもいたが、誤認も多く、それが混乱に拍車をかけた。

彼らの最大の判断ミスは、海岸線の防御陣地からも日本軍機への攻撃を試みたことだろう。

何しろ奇襲攻撃であり、戦争になれば攻撃されることは百も承知していたものの、今この時に攻撃に遭うとは思ってもいない。

さらに、こうした形の攻撃も予想していなかったために、防衛計画自体も機能しなかった。

当初の計画では、水際《みずぎわ》防衛を行いつつ、縦深の深い防衛陣で食い止めるようなことをイギリス軍は考えていた。

だが、防衛線となるはずのコタバル飛行場が真っ先に無力化されたことで、どう動くべきか、指揮官にも分からない。

何より、敵が何をどうしているのかが不明なことが、混乱を倍加させる。

こういう状況だから、対空火器の応酬は激しかったものの、三機の日本軍機は無傷であった。

そして海岸線から内陸部へ、コタバルの海岸に向けて、再度、砲撃が始まった。

最初は海岸近くの海中だった。守備に就いていたイギリス軍将兵は、それが何を意味するのか理解できなかった。

射撃が下手なら、飛行場の航空隊は全滅しない。さりとて射撃術が優れていて、砲弾が海中に落下するのは解《げ》せない。

この砲撃の理由は、コタバル近郊の海域には機雷が敷設《ふせつ》されている可能性が心配されていたためだ。そこで、上陸地点を中心に砲撃がかけられたのだ。

四〇センチ砲弾の衝撃波は、アンカーを海底に沈めて係維索《ケーブル》で機雷缶を係留している係維《けいい》機雷の信管を、確実に作動させる威力がある。そのための砲撃だ。

ただ実際には、コタバル周辺に機雷など敷設されていなかった。だからイギリス軍からみれば、日本軍の行動は、確かに理解に苦しむものではあった。

しかしイギリス軍の疑念も、自分たちに向けて砲弾が降ってくると、すぐに忘れられた。先の対空戦闘は、彼らの陣地の位置を相手に教えるだけに終わったのだ。

防衛線に就いていたインド軍などの部隊は精強ではあったが、四〇センチ砲弾に勝てるはずもない。

最大射程での砲撃のため、散布界《さんぷかい》（ある一点を狙って射撃した場合に、弾丸がばらまかれる範囲）は広がっていたが、これも地上では何百メートルかの違いになる。

部隊のよっては、自分たちの退路を断つための砲撃に見えた。よもや誰も、五〇キロ先の海からの砲撃とは思わない。

守備隊は、留まるべきか、後退すべきか――その決断ができず、決断できても実行できないような有り様だった。

零式水上戦闘機からも、地上のあちこちが燃えているのが見えた。時々、爆発が起こるのは弾薬に誘爆しているためだろうか。

夜間飛行をしているからには、地上の炎を目にすることは避けるべきだ。それだけ夜目が利かなくなる。

しかし、眼下の光景から目が離せないのも事実だ。それは本当の戦争。

上空からは、さすがに歩兵の姿は見えない。しかし、車両なのか、部隊なのか、何かが塊《かたまり》となって移動する姿は見える。

それは敵である。だから機銃掃射をかけても構わない。

だが、彼にはそれができなかった。というより、機銃掃射をかけるという発想が浮かばなかった。

人道云々《うんぬん》という話ではない。その必要を感じないからだ。

――四〇センチ砲が猛威を振るったあとで、二〇ミリ機銃の攻撃など無に等しいではないか。

偵察機からも報告は行っているはずだが、それとは別に、彼もまた戦艦〈大和〉に対して地上の状況を無線電話で告げる。

どう見ても、地上の敵陣は壊滅状態としか思えない。

戦艦と航空機と、これからの海軍はどちらが中心となるか？　そんな議論は、特に航空隊では盛んだ。彼も海軍航空の末席《まつせき》にいる者として、これからは空軍力と信じていた。

しかし今、その信念は揺らぎつつあった。四〇センチ砲弾による徹底した破壊は、圧倒的だ。

四〇センチ砲弾の重量は一・三トンあるという。陸攻では一トンが限界だ。そして戦艦〈大和〉は、その砲弾を一回に一〇発、発射できる。陸攻隊の一〇機分以上――正確には一三機分。

斉射《せいしゃ》を二回、三回と繰り返せば、一大航空隊並みの火力を撃ち込める。

今、眼下に広がる光景は、一〇〇機を超える陸攻による空襲のあとに等しいのだ。

むろん、〈大和〉といえども最大射程は五三キロ前後に過ぎない。陸攻なら一〇〇〇キロは優に飛べる。

戦艦と航空機を、如何《いか》に合理的に組み合わせるか——彼は自然と、そんなことを思った。

戦艦〈大和〉による敵拠点のアウトレンジ攻撃は、一つだけ問題があった。それは、奇襲をかけるために船団は水平線の彼方にいなければならない点だ。そこから上陸地点まで、距離がありすぎるのだ。

もっとも上陸船団の貨物船は三隻であり、砲撃と上陸の距離のギャップは分かっていたので、船団の中でも俊足《しゅんそく》の三隻が選ばれていた。

また、戦艦〈大和〉のような巨艦ならいざ知らず、深夜の荒天《こうてん》の中で貨物船三隻が簡単に発見されるはずもない。

だから砲撃前に駆逐艦の護衛の下、貨物船は本隊より海岸線に前進していた。

そして上陸地点の方向が燃え上がった時、上陸準備をしていた陸軍将兵の間から、最初は歓声が上がり、すぐにそれは沈黙に変わった。

「あそこに行くのか……」

誰からともなく、そんな声が漏れた。だが、それに答える者はない。そう、あそこに行くのだ。

巨艦である〈大和〉は、この程度の荒天にはびくともしなかったが、陸軍将兵が乗り移る大発動艇（上陸用舟艇）は、そうではなかった。

縄ばしごを伝って、海面近くまで降りる。下には大発が用意されているが、乗り移るのは容易ではない。

上陸用の舟艇群は、波浪《はろう》にあわせて、貨物船にぶつかったり離れたりする。

それを舟艇に降り立った将兵が、縄ばしごを摑み、戦友の移動を補助する。

波浪は最悪といえた。つまり、作戦を中止・延期しなければならないほどひどくはなく、作戦を実行できる範囲では、もっとも荒れていた。

貨物船や駆逐艦からは、海上に落下した将兵を救うために内火艇《ランチ》や橈艇《カッター》が出ていた。しかし、波浪の中では、救難作業も簡単ではなかった。

運悪く海中に落ち、救助された将兵は、水平線の彼方の戦艦のことを思う。日本の技術の粋《すい》を集めて建造された戦艦。

その姿は、彼らも艦隊と合流した時から目にしていた。それは陸軍将兵の目から見ても、近代的で美しいものだった。

これだけの戦艦を建造できる国に生まれたことが誇らしくなるほどだ。

だが、ずぶ濡れになった彼は思う。

――あれだけの軍艦を建造できる国が、どうして船から大発に乗り移るのに、縄《なわ》ばしごなど使わねばならないのか？　あんな戦艦が建造できる技術があるなら、もっと楽に、自分らが安全に大発に移動できる方法があるのではないか？

しかし、現実は縄ばしごしかない。戦艦を建造した技術は、ここには届いていない。

なんとか大発に乗った将兵も、楽ではなかった。

戦艦による遠距離砲撃は、確かに効果的な作戦と思われた。だが、そのために通常の上陸作戦の倍以上の距離を水上機動することを強《し》いられた。計画ではそれは分かっていたことだが、当日の天候だけは予想外であった。

波浪の中を長時間移動することは、そのまま将兵の疲弊《ひへい》につながった。

それでも貨物船三隻に乗った歩兵第五六連隊を中

核とした五五〇〇名は、侘美《たくみ》少将の指揮の下、コタバルに上陸する。

時に日本時間の一二月八日午前〇時四五分のことだった。いわゆる太平洋戦争の中で、もっとも最初に戦闘が始まったのが、このコタバルでの戦闘だった。

コタバルの海岸近くは、本来ならインド第八旅団が守備に就いていたが、それは先の四〇センチ砲の洗礼により、壊滅的打撃を受けていた。

だが、壊滅的打撃は壊滅を意味しない。塹壕《ざんごう》などの陣地は意外に生き残っていた。これは四〇センチ砲が対空火器など、そこに防衛線があることが分かっているところを中心に砲撃をしかけたことも関係がある。

守備隊は、その砲撃により、高射砲を始めとする火砲の大半を失った。しかし、火砲が置かれていないような防衛線では、小銃はもとより、機関銃などもほぼ無傷であった。

イギリス軍やインド軍にとっては、幸運というか不運というか、砲撃で指揮系統が混乱しているため、後方に下がる一団とは別に、陣地を再構築する一団がいた。

そして侘美支隊が、通常より長い距離を水上機動した結果、そうした陣地に対して四〇センチ砲による攻撃から立ち直る時間を与える結果になった。

守備隊全体でみれば、後方に下がるべく命令が出ていた。しかし、そうした命令は全部隊に等しく伝わっていなかった。

そのため残存部隊は、侘美支隊を待ち伏せる。

侘美支隊は、そうしたことは知らなかった。また陸軍が四〇センチ砲で撃ち合うような経験もなく、守備隊の陣地は粉砕《ふんさい》されていると疑っていなかった。

結果、守備隊の攻撃は奇襲となった。防衛線の陣地は、それでもあちこちに穴が開いていた。混乱を収拾しただけの陣地ゆえに完璧ではない。

だから奇襲に倒れた支隊の将兵がいる一方で、上陸と同時に整列し、反撃態勢を整える部隊もあった。

日本兵は、イギリス軍やインド軍の守備隊を包囲する姿勢を示した。包囲殲滅は日本陸軍が特に重視していた戦術だった。

さらに防衛側は、指揮系統の混乱という致命的な問題があった。守備隊は、包囲される前にようやく後退し、侘美支隊は前進する。

そこから先は、守備隊はコタバル飛行場も捨て、さらに後退するよりなかった。

侘美支隊は、一二月八日のうちに飛行場を占領し、そこに陸軍航空隊が進出してきた。マレー作戦の大前提である、制空権確保は、まずは日本軍が一歩リードする形でその日は終わった。


日本時間・昭和一六年一二月八日〇一：〇〇

マレー半島では戦端《せんたん》が開かれたが、ハワイに向かう第一航空艦隊でも、出撃準備が終わろうとしていた。

重巡洋艦〈利根〉艦上でも、出雲艦長が緊張した面持ちで、発着機部よりの報告を待っていた。

六隻の空母はすでに発艦準備を整えているが、その前に重巡洋艦〈利根〉と〈筑摩〉から零式水上偵察機が一機ずつ出る。

〈利根〉の水偵はラハイナ泊地に、〈筑摩〉の水偵は真珠湾に、それぞれ出撃する。攻撃隊に先行し、敵情を探るのだ。

出雲艦長は、今この時、ここに無事でいられることが信じられなかった。

なにしろ、これだけの艦隊が単冠湾《ひとかっぷわん》からこっち、ここまでの航路で、船舶にも航空機にも接触せずに済んだのだ。

その最大の理由は、おそらく戦艦〈比叡《ひえい》〉に装備された電波探信儀のおかげだろう。

戦艦〈比叡〉の電波探信儀については、第一航空艦隊内でも異論はあった。電波封鎖をしなければならない作戦なのに、こちらから電波を出すのは正気《しょうき》の沙汰《さた》ではないと。

だが早期警戒が必要という意見も強く、さらに電探の電波は遠くまで届かない――それもかなり大雑把《おおざっぱ》な議論であったが、艦隊司令部に電波兵器の専門家はおらず、なんとなくこの説明で通ったのだ――という理由から、定期的に短時間使用するという、玉虫色《たまむしいろ》の運用となった。

ただ、そうした運用も、船舶を何度か回避したことや、数日、電探を使用しても敵情になんの変化もみられないことから、ハワイに接近する前日からは常時使われることとなった。ちなみに、あまりに頻《ひん》繁《ぱん》に電源のオンオフを繰り返したために、電探の真空管が切れ、予備品の真空管を使い切っていたと出雲艦長は後に聞いた。

今も戦艦〈比叡〉の電探は、周囲に何もないことを知らせている。そこで〈利根〉と〈筑摩〉は発光信号で水偵の発艦を伝える。電探には二機の飛行機が映るだろう。

それでもやはり、出雲艦長には、これが奇跡という思いが強い。今日この場に来る前に、絶対に米太平洋艦隊と航空戦を展開することになると思っていたからだ。

だが敵と遭遇せずにここまできた。

――もしかすると、全員が無傷で帰国できるのかもしれない。

本当なら、祖国の運命を考えるのが良き海軍軍人なのだろうが、出雲艦長が真っ先に考えたのは、自分と部下の生還だった。

ただそれは、単純に利己心とはいえない。命令だから従い、最善は尽くそうとは思うものの、出雲艦長の本心は、真珠湾作戦には反対だった。

艦隊戦力でアメリカに劣る日本が、こんな投機的な作戦を実行していいはずがないのだ。空母一隻が沈むだけで、一〇〇機の航空機、一億円の軍艦、一五〇〇人からの将兵が命を失う。

真珠湾の奇襲より、もっと有効に活用できるであろう戦力なのである。

しかし、出雲艦長のそんな考えは、ありがたいことに杞憂《きゆう》に終わりそうだ。

「奇跡よ、続け」

出雲艦長は、発艦した零式水上偵察機を目で追いながら、そんなことを思った。

新戦艦〈大和〉
発進編

軍令部

七章

# 新型戦艦・艦隊戦

海軍

「装甲車がいるのか？」

「侘美支隊は、そう言ってる！　ともかく、今、動けるのはお前たちだけなんだ。頼むぞ！」

「了解！」

戦艦〈大和〉搭載の零式水上戦闘機は二機だった。ほかにも観測機や水上偵察機が六機、搭載されており、計八機が〈大和〉の航空兵装のすべてだ。

しかし、当初の予想に反して、零式水上戦闘機は一二月八日から九日にかけて、整備と補給以外は常に飛んでいるような状況だった。

これは陸海軍の協定で、必要に応じて、互いの航空戦力を融通《ゆうずう》するという取り決めによるものだが、コタバル飛行場に進出してきたのは偵察機であり、陸軍航空隊主力が進出するのは九日以降であった。サイゴンの陸攻隊は、陸軍の支援には小回りが効かない。

今すぐ使えて小回りが効くのは、〈大和〉搭載の二〇ミリ機銃四丁の零式水上戦闘機二機だけだったのだ。

小沢司令長官も山下奉文《やましたともゆき》司令官との約束であるし、〈大和〉の砲撃にはとりあえず零式水上戦闘機は関係ないこともあり、最大限協力するように命じていた。

南遣艦隊司令部より戦艦〈大和〉の高柳艦長に下命《かめい》され、それは飛行科から搭乗員に伝達されたが、ここまで降りてくるに従い、トップの解釈と現場の解釈はずれていた。

小沢中将も山下中将も、必要に応じた航空支援とは、一日に一回か二回程度と思っていた。だが現場の陸軍部隊は、機関砲四丁が空から敵陣を叩いてくれるのは『とっても便利でありがたい』ので、ちょっと障害があると、すぐに戦艦〈大和〉に出動を要請した。

これは侘美支隊が怠慢《たいまん》なわけではなく、重火器の揚陸《ようりく》が終わっていないことが大きかった。揚陸作業より、部隊の侵攻が急激で、そこに間隙《かんげき》が生じていた。

ところが、その間隙を零式水上戦闘機が埋めてしまうので、佗美支隊は前進し、埋めた間隙がまた広がるという、搭乗員視点の悪循環が生じていた。

すでに一二月八日の午後、〈大和〉搭載の零式水上戦闘機は五度目の出撃を果たしていた。唯一の救い——と言っていいのかどうかは判断が難しいが——は、陸軍の無線通信は、〈大和〉経由でなければ零式水上戦闘機に届かないことだ。

これが直《じか》で無線電話が通じたなら、何をさせられるか分からない——二人の搭乗員は、そう思っていた。

「あそこか」

零式水上戦闘機を見つけたのだろう。陸軍将兵が信号弾を打ちあげる。二機の零式水上戦闘機は、その信号弾周辺に向かった。

実をいえば、いざ攻撃という、この局面では、彼らは無線電話機が地上の陸軍部隊とつながらないことがもどかしい。

——装甲車は、どこなんだ？

つながるとうるさいが、つながらないと分からない。

「あそこか！」

それはイギリス軍のミスだったかもしれない。装甲車から零式水上戦闘機に対して機関銃が攻撃を仕掛けてきた。しかし、それは彼らの位置を曝露《ばくろ》する結果にしかならなかった。

密林で視界が悪い中で、曳光弾の存在は、撃つ側よりも、撃たれた側にとって好都合だった。

そして樹木の切れ目から、装甲車の姿が見えた。

「ありゃ、戦車じゃないのか？」

それは彼も見たことがない車両だった。オープントップの鉄の箱が履帯《りたい》で進んでいる。火力は機銃が二丁か。それは装軌式汎用輸送車《ブレンガン・キャリアー》と呼ばれるものだが、日本陸軍にはこれに該当する装甲戦闘車両《AFV》はなかった。

どうしてこれを装甲車と呼んだのかは分からないが、もしかすると、戦車というと自分たちが出てこないと思われたのか？　確かに正しい。戦車だったら出撃しない。

ただ、眼下の車両は装甲して履帯で移動してはいるが、彼が知っている戦車とは違う。装甲車というのは、まぁ、妥当な表現か。

装甲車は二台で、それはすぐに樹木の陰に隠れた。二機の零式水上戦闘機は一気に高度を下げると、樹木の中に機銃掃射をかける。

命中するかどうかは分からないが、二機で銃撃すれば、確率的に何発かは命中するはず。ただ、上空からは確認できないが、赤い照明弾が二発打ちあげられる。赤は命中弾が出たという印、二発は命中した数。二台の装甲車は、今の機銃掃射で片付いたということだ。

「陸軍の要請は片付けた。これより帰投《きとう》する」

『ご苦労さん』

「それと、一号機も二号機も、発動機から火を噴いてる。着水は可能だが、今日の出撃は発動機の交換が必要なので不可能と思われる……と、陸軍から要請があったら、そう伝えてくれ！」

『了解！　心配するな、今日はもう出動はさせん。お前たちも休養が必要だし、機体も徹底した整備が必要だろう』

「陸さんは、この貸しを返してくれるんですかね？」

『あぁ、英戦艦と闘う時は、戦車隊を出してくれるそうだ』

「ありがたい話ですな」

タイからマレー半島にいたる日本軍の侵攻作戦は、コタバル攻略も順調に進み、タイ領内の進駐も、ほぼ無血で達成できた。

一二月八日には、上陸部隊は計画より前倒しで、順調な進軍を見せていた。むしろ順調すぎて揚陸が間に合わず、補給を維持するために進軍を一時止める必要があるほどだった。

南方部隊の近藤信竹《こんどうのぶたけ》中将は、シンガポールの戦艦〈プリンス・オブ・ウェールズ〉と巡洋戦艦〈レパルス〉に動きがないため、九日一五：〇〇に、補給のためにカムラン湾に引き揚げる判断を下した。

南遣艦隊の小沢司令長官もまた、近藤中将の動きを受け、部隊をカムラン湾に向かわせようとしていた。

「どうしてイギリス艦隊は動かないのでしょう?」

猪名砲術長は、艦橋にいた。砲術長の艦内での配置は主砲指揮所か艦橋なのであるが、今は砲戦が起こる状況でもなく、艦橋にいた。

「やはり、不自然だと思うか、砲術長?」

それは高柳艦長にとっても、釈然《しやくぜん》としない話だった。これが日本軍によりマレー半島からイギリス軍が一掃され、シンガポールに籠城《ろうじよう》するという局面であれば、二大主力艦を砲台とするという戦術もあり得よう。

だが日本軍は快進撃を続けるとはいえ、マレー半島に上陸したばかりであり――日本海軍の人間が言うべき話ではないかもしれないが――主力艦二隻を展開すべき状況は、いくらでもあるはずだ。

だが、戦艦〈プリンス・オブ・ウェールズ〉と巡洋戦艦〈レパルス〉は、シンガポールから動いていないという。

「自分が知る限り、イギリス人のジョンブル魂《だましい》というのは、こんな消極的な戦術をとるものではないと思います」

「それとも、罠《わな》なのか？」

「罠ですか？」

「イギリス艦隊のフィリップス中将は、金剛型戦艦二隻と大和型戦艦一隻が展開していることを知っている。いずれ日英艦隊は雌雄《しゆう》を決しなければならない」

「シンガポールから動かないことで、日本艦隊をシンガポールに張り付けようとしていると？」

「さすがだな砲術長。で、君はどう考える？」

「自分ですか？　我々はシンガポールの東洋艦隊を叩きたい。しかし、フィリップス中将の目的は、マレー半島の防衛にある。だからシンガポールに日本軍の艦隊主力を引き付けるなら、マレー半島への海軍力は減らすことができる。

　この状況で、丸裸《まるはだか》の船団を爆撃機か何かで攻撃する――そんなところでしょうか」

「そんなところだろうな」

「納得してませんね、艦長？」

「分かるか？」

「それはシンガポールから動かない理由を説明するには理に適っているかもしれませんが、東洋艦隊がどう動くのが合理的かという観点では、およそ最善とはいえないでしょう」

「そうなんだ。動かない理由はつけられるが、理屈と膏薬《こうやく》はどこにでもつくのだ。

　あるいは、我々の知らない何かがあるとしか思えん。その何かが分かれば、このもやもやした気持ちも解消できると思うのだがな」

　そうした違和感を覚えつつも、南遣艦隊旗艦〈大和〉は、やはり一五：〇〇に、針路をカムラン湾に向けた。


　状況が一変したのは、一七：一〇のことだった。

通信科から艦長に電話が入る。

『艦長、一大事です！　東洋艦隊が出撃してます！』

それはアナンバス諸島に展開していた〈伊号第六五潜水艦〉からの報告だった。

『我、レパルス型戦艦二隻ヲ見ユ　針路三四〇度速力一四ノット　一五一五』

〈伊号第六五潜水艦〉からの電報は、小沢司令長官も近藤司令長官もほぼ同時に受信し、共に、その報告に困惑し、激怒した。

カムラン湾に針路を向けた時に、すでに東洋艦隊は出撃し、それは哨戒任務の潜水艦により発見されていた。しかし、報告は二時間も遅れて届いたのだ。

これは潜水艦から南遣艦隊司令部に電報が届くのに、潜水艦、潜水艦母艦、地上通信基地、艦隊司令部という煩雑《はんざつ》な手順が必要なのと、潜水艦の通信員が緊急電であることをうっかり記載し忘れたためだった。

ただ潜水艦の通信員が忘れたとしても、潜水艦母艦の通信科が内容から緊急電と判断して報告すれば、二時間の遅れは生じない。

つまり潜水艦から戦艦までの過程で、誰一人として電報の内容を理解し、緊急電とする判断をした人間がいなかったということだ。

ただ面倒なのは、これは常識で考えれば大変な失態にも拘わらず、「悪い人間」はいないということだ。通信伝達に携《たずさ》わった将兵は、みんな手順どおりに緊急電を優先し、内容に拘わらず優先順位の低いものを後回しにした。ただそれだけだ。

近藤艦隊は、そもそも後方で全体状況を見る立場なので、よりカムラン湾に近かった。対する小沢艦隊は、それよりもずっとマレー半島に近い。

ここで両司令長官の隷下の部隊に対する命令は異なっていた。

近藤信竹中将は、ともかく翌日に小沢艦隊と合流することを直卒《ちょくそつ》の艦隊に命じた。

対する小沢司令長官は、まず揚陸作業中の船舶に作業の中止と、タイへの一時的な避難を命じるとともに、航空隊に対しては索敵の強化と、場合によっては攻撃を命じた。

さらに水上艦艇に対しては、旗艦〈大和〉との合流を命じ、可能なら東洋艦隊に夜戦を仕掛けることを命じた。

この時、小沢司令長官隷下の水上艦艇は戦艦〈大和〉、重巡四隻、軽巡二隻、駆逐艦が四隻という、それなりに強力な布陣《ふじん》であった。

小沢司令長官と近藤司令長官の状況認識は異なっていた。

近藤司令長官は、世界最強ともいわれるイギリス海軍の戦艦〈プリンス・オブ・ウェールズ〉と巡洋戦艦〈レパルス〉を相手に、〈大和〉一隻で戦うのは危険であり、隷下の〈金剛〉〈榛名〉を加えた三隻で当たるべきと考えていた。

対する小沢司令長官は、早急にイギリス海軍東洋艦隊のZ部隊（日本軍のマレー半島上陸船団を攻撃するために編成された部隊の暗号名）を発見し、攻撃を加えなければ友軍の貨物船などの被害が増え、あるいは上陸部隊が危険に晒《さら》されることを恐れた。

なぜならば、マレー半島の交通インフラは、ほとんどが道路も鉄道も海岸線近くを走っている。それを確保するのが日本陸軍の重要課題であったから、日本軍は海岸からの攻撃には脆弱《ぜいじゃく》な状態だった。

日本陸軍の正確な所在が不明でも、艦船なら機動力をもって日本軍に先んじて鉄橋などを破壊することができる。

東洋艦隊を放置することは、マレー作戦に重大な支障を及ぼしかねない。特に上陸作戦が始まって一日しか経過していない中では、東洋艦隊の脅威は無視できないだろう。

むろん、小沢司令長官には勝算があった。戦艦は二対一ではあるが、重巡洋艦の水雷戦力もあり、砲戦と水雷戦をあわせれば、対抗することは十分、可能である。

この時、小沢司令長官はアウトレンジ戦法には必ずしも拘《こだわ》っていなかった。電探の存在は心強いが、射撃用電探ではない。

いざ夜戦になれば観測機に頼ることになり、そうなると昼戦ほどの射撃精度は期待できまい。

砲戦にしろ水雷戦にせよ、肉薄《にくはく》攻撃は覚悟しなければならない。よしんば夜戦で決着がつかなかったとしても、東洋艦隊の関心をこちらに向けられるなら、友軍への圧力は軽減できる。

それが小沢司令長官の計算だった。距離の問題もあるが、より積極的だったのは小沢司令長官だったといえよう。

ただこの時点では、まだ本当に東洋艦隊がシンガポールから出撃したのか、していないのかの結論は出ていなかった。

出撃したというのは〈伊号第六五潜水艦〉からの報告だけで、同潜水艦は敵艦隊らしきものを追跡したものの、荒天のために見失ってしまったという。

一方のシンガポールに在泊という情報も、航空隊の一度の偵察飛行によるものが頼りだった。

日本海軍航空隊は、艦隊決戦を前提に戦備拡充や訓練を行ってきた関係で、写真偵察に関しては機材や運用にそれほどの経験はなかった。

それは開戦の時点でさえ、専任の写真分析班が存在しなかったことでも分かる。

確かに、開戦前に海軍航空隊は陸攻に写真機を装備して、国籍不明機としてフィリピンやグアム島の写真撮影を行っていた。しかし、これも『占領した場合に滑走路が使用できるか？』程度の確認であり、写真分析としては、初歩的なものであった。

陸軍の写真偵察とは異なり、極論すれば、海軍の写真偵察は船舶の浮沈《ふちん》と数が分かればよかったのだ。

この写真偵察面の遅れが、今回の件では懸念された。そしてその懸念は当たった。航空隊で写真を拡大すると、戦艦と思っていたのは大型の商船だったことが分かったのだ。

「東洋艦隊により友軍が攻撃されたという報告は、未だ届いていない。つまり、東洋艦隊が出撃したのは、少なくともコタバル戦よりあとのことだろう。

同時に、航空偵察の時点ではシンガポールに在泊していないなら、出動時間は絞られる。航空機が発見できない距離まで移動していたことになる」

「しかし、長官。それでしたら、そろそろ誰かが東洋艦隊と接触してもいいはずでは？　シンガポールから北上したならば、そろそろコタバル近海まで進出していてもおかしくないと思いますが」

「あちらも同じことを思っているかもしれんぞ」

小沢司令長官の発言に、参謀長以下、顔を見合わせる。

「分からぬか？　陸軍部隊はタイからマレー半島における複数の地点にほぼ同時に上陸し、多数の敵部隊を撃破した。

イギリス軍の守備隊は、現状では日本軍がどこにどれだけいるのかも、まるで把握できていないだろう。自分は海軍の人間だが、これこそドイツ軍が実行し、フランスを下した電撃戦に他なるまい」

「第二五軍が、マレー半島で電撃戦を？」

「驚くことはあるまい。第二五軍は多数の自動車を集め、戦車部隊もともなっていると聞く。いわば日本で一番、自動車化が進んだ部隊だ。なら電撃戦を実行しても不思議はない。

仮に電撃戦が成功しているとしたらどうなるか？　フィリップス中将の下には、多数の矛盾した情報が飛び込んでいるに違いない」

「東洋艦隊は、殺到する矛盾した情報のために右往《うおう》左往《さおう》していると？」

「そうだ、参謀長。

　自分の意見は憶測に過ぎんが、そうなっていても不思議はないだろう。現に、東洋艦隊から攻撃を受けている船団はない」

　小沢司令長官の意見は、現状では確かに説得力があった。

「そうなると、索敵機が頼りですか……」

「さもなくば、電探だろうな」

　小沢治三郎司令長官の電探に対する認識は、ここ数日の間に急激に高くなっていた。

　だが深夜になり、電探室より意外な報告がなされる。

「電探が故障したというのか？」

　小沢司令長官が電話に聞き返す。

　電探室を預かるのは兵曹長《へいそうちょう》だった。何しろ電探は砲術科の一部門で、担当者も数人しかいない。

　正確には砲術科電測部が電波探信儀を扱う部局だ。そこから艦隊司令部に直接報告が行くようにしたということは、状況によっては、小沢司令長官と直に電話がつながるということだった。

　それでも今までは幕僚《ばくりょう》が電話を受けていたが、電探の故障という報告に、小沢司令長官は黙ってはいられなかったのだ。

『あっ、その、故障いたしました』

　電測部長の兵曹長は、よもや電話口に海軍中将が出るとは予想もしていなかった。

　兵曹長も海軍中将も、陛下の官吏《かんり》という点では同じであるし、故郷《くに》に帰れば海軍准士官《じゅんしかん》というのは、旦那衆《だんなしゅう》の一員――家の格も上がるくらいの社会的地位がある。

だが、それでも兵曹長と海軍中将では、住む世界に天と地ほどの差がある。大佐クラスでさえ、帝大教授と同等でしかないのだ。中将となれば、文字どおり雲の上の人。

兵曹長の人生の中で、同じ軍艦に乗っていたとしても、中将と言葉を交わすことなど、司令部要員か何かでない限り、まずない。

そんな人物が電話口に出れば、兵曹長が言葉も出なくなっても不思議はない。

その辺の感覚の違いは、小沢治三郎には分からなかった。海軍兵学校から海軍大学校と進んだ彼には、兵曹長などというキャリアの経験はないのだ。

海軍では、兵曹長から海軍少尉になるのは、針の穴を通り抜けるより困難だが、海兵出身者のキャリアは、その海軍少尉から始まっているのである。

それでも小沢司令長官は、兵曹長に落ち着くように促す程度の常識はあった。

『電探の送信機のマグネトロン――あっ、真空管が切れました』

「予備の真空管はないのか?」

『他の真空管は予備があるのですが、〈大和〉のマグネトロンは特注品で、予備部品は出撃前には間に合いませんでした』

「他の真空管で代用はできないのか?」

『残念ながら、マグネトロンだけは代用が利きません』

「回路を工夫すれば、なんとかならんか?」

『回路を工夫ですか……』

兵曹長が後ろの人間たちと、何か相談している声が聞こえた。

『可能であるとは、小職の責任では断言できませんが、可能性はあります』

「なら、やってみてくれ。日本の命運は、君らの働きにかかっている」

『分かりました！』

兵曹長の声に、少し言い過ぎたかと小沢は思い、話題を変える。

「ところで、受信機は正常なのか？」

『受信機は正常です』

「なら、頼む」

『分かりました！』

小沢司令長官は電話機を置いた。よく分からないが、電探の中心となる真空管が壊れて、電探が使用不能になっているのは分かった。

回路を工夫すれば状況は改善する余地があるとは兵曹長は言ってくれてはいたが、自分から言い出したにも拘わらず小沢司令長官は、それは無理ではないかと思っていた。

回路を工夫すればなんとかなる――というのは嘘ではないだろう。とはいえ、それが簡単なら、彼らが自分で回路を変えているはずだ。よしんば回路の改造でなんとかなるとしても、今夜中にできるとは思えない。

だが、まさに東洋艦隊と邂逅《かいこう》するかどうかは、おそらく今夜が山場なのだ。

実際、天候は悪い。電探なら影響は受けないだろうが、水上偵察機の視界は夜間ということもあり、かなり制限されるはずだ。

しかし、他に手段はない。広範囲な索敵手段は水偵しかないのだ。

「水上戦闘機以外の航空機を索敵に出す」

小沢司令長官はそう決断した。こうして戦艦〈大和〉と隷下の重巡洋艦から索敵機が発艦した。

この夜の視界の悪化と、潜水艦部隊の通信系統の悪さは、さらなる混乱を生んだ。第一三潜水隊の〈伊号第一二一潜水艦〉は、シンガポール周辺での機雷敷設任務に従事するはずだったが、操舵機の故障に見舞われ、苦心惨憺《さんたん》して、カムラン湾に向かっていた。

そんな中で、彼らは浮上して航行中に、大型艦の航跡のようなものを発見する。

夜間であり、これは奇跡に近い発見であったが、その航跡を追跡すると、それは波浪の見間違いなどではないことが分かった。

操舵機が故障した潜水艦での追跡は、これが限界だったが、複数の大型艦艇が移動している航跡と思われた。

この通信もまた、やはり二時間近くたらい回しにされて近藤艦隊と小沢艦隊に伝達された。後に明らかになるが、この時、〈伊号第一二一潜水艦〉は悪天候のために、艦の位置を正確に計測できていなかった。

操舵機の故障と荒天のため、天測による位置確認も望めず、積算誤差が大きくなっていたのである。


それでも重巡〈最上《もがみ》〉の水偵が、伊号潜水艦が報告したと思われる艦隊と遭遇した。二時間近い時間差を考えるなら、その艦隊は妥当と思われる位置にいた。

〈最上〉の偵察機は、ただちに敵艦隊発見を打電した。

『主力艦二隻をともなう艦隊が、北上中』

すぐに近くを飛行中の陸攻隊の一部が水偵に合流、彼らは吊光投弾を展開した。

この時点で、伊号潜水艦が報告した位置と、発見した艦隊の位置がかなり違うことは分かっていたが、水偵からの『北上中』が艦隊に大きな先入観を与えることとなった。

東洋艦隊は北上しているはずという先入観と、自分たちが発見したいという願望から、彼らは敵味方の識別をする前から、艦隊を東洋艦隊と誤認していたのである。

もちろん天候がここまで悪くなければ、あるいは気がついたのかもしれないが、だからといって根拠もなく東洋艦隊と断じていいはずはなかった。

さらに陸攻隊も、その根拠は分からなかったが、〈最上〉水偵の報告どおりに艦隊がいたことで、それを東洋艦隊と信じた。

だが吊光投弾の展開で度肝《どぎも》を抜かれたのは、近藤艦隊であった。彼らは、東洋艦隊が自分たちに比較的近い位置にいると思っていたが、陸攻隊はこともあろうに、近藤艦隊を東洋艦隊と誤認していたのだ。

この原因は、〈伊号第一二一潜水艦〉の通信が二時間近く遅れたことによる。さらに近藤艦隊も小沢艦隊も、互いにどこにいるのかを正確に把握していなかったことも大きい。

潜水艦の報告を受けた近藤艦隊は、それが自分たちであるとはまったく考えずに――何しろ報告された位置が大きくずれていた――東洋艦隊は、自分たちよりも北にいると判断した。

そこで東洋艦隊を迎え撃つべく、近藤艦隊は北上した。また、近藤艦隊が北上したがゆえに東洋艦隊と誤認され、吊光投弾を展開される仕儀に至ったのである。

近藤艦隊は探照灯《たんしょうとう》などで、自分たちは友軍であることを告げたが、悪天候のためか陸攻隊は攻撃態勢を諦めようとしない。

悪天候だからこそ攻撃に手間取っていただけで、晴天なら近藤艦隊は爆撃や雷撃を受けていただろう。

結局、近藤艦隊からサイゴンの航空隊に連絡し、そこから命じて攻撃は中止された。

この混乱により、近藤艦隊と小沢艦隊の翌日の邂逅は大幅に遅れることとなった。つまり、小沢司令長官は、手持ちの戦力だけで東洋艦隊に向かわねばならなくなったのだ。

もとより夜間の間に雌雄《しゆう》を決すべきと考えていた

小沢司令長官にとって、近藤艦隊との邂逅の遅れは、さほど影響しなかった。

ただ、すべて自分たちだけで片をつけなければならないという事実は、彼の心理的負担をいささか増させることになった。


索敵機が何も発見しないまま、一旦、帰還した頃。小沢司令長官は電探室からの報告を受ける。

「電探が直ったのか？」

電話が鳴ると真っ先に受話器を取るほど、小沢司令長官は電探からの電話を待ち望んでいた。ここで鳴るからには修理が終わったのだろうと。

『いえ、残念ながら送信機は故障したままです』

さすがに二度目となると、兵曹長も落ち着いていた。

ただ電探の修理が終わったという報告でないことに、小沢は心底、落胆した。だが、兵曹長は続ける。

『ですが、受信機におかしな反応があります。詳しい原理は省《はぶ》きますが、電探の受信機は電探の電波しか受信できません。それなのに、明らかに電探と思われる電波を傍受しました』

「電探の電波を傍受したというのか……？　それはイギリス艦隊の電探という意味か？」

『現状では、それ以外に考えられません。南方部隊の戦艦には電探は搭載されておりませんので』

小沢司令長官は、やっと電探室が修理も終わっていないのに報告してきた意味が分かった。

理屈は分からないが、電探の受信機がイギリスの電探の電波を捕捉したということだ。そして彼は、敵の電探は、こちらの電探の電波を傍受していないことに気がついた。何しろ送信機が故障しているのだ。

つまり、彼は我を知らず、我は彼を知る——そういう状況にあるのかもしれない。

「敵は、我々の存在を察知しているか？」

『それは分かりませんが、こちらに接近しようとする様子はありません。逃げようともしておらず、針路を変えていないようです。したがって、発見されてはいないと思われます』

「位置は分かるか？」

『距離は残念ながら分かりません。ただ、方位は分かります。現在、我々より三〇〇《サンマルマル》度の位置にあります』

「ありがとう。監視を続けてくれ！」

『分かりました！』

兵曹長は中将から直々に『ありがとう』と礼を言われ、舞い上がっているらしい。しかし、精神が高《こう》揚《よう》しているのは小沢司令長官も同じだった。

彼は隷下の重巡洋艦に対して、再度の索敵機の発艦を命じる。〈大和〉の電探が受信する東洋艦隊の電探の電波によれば、彼らは北上ではなく、南下していうるらしい。

「シンガポールに向かっているな」

さらに電探の電波を観測することで、相手の速度も分かってきた。

小沢司令長官は、敵の電探に捕捉されない位置を保ちながら敵艦隊と併走する。

そして自らも陣形を整える。第七戦隊の重巡〈熊《くま》野《の》〉と〈鈴《すず》谷《や》〉、それに〈大和〉、そして〈三《み》隈《くま》〉と〈最上〉、さらに軽巡二隻に駆逐艦四隻——そうした布陣で東洋艦隊と併走する。

重巡四隻の中心に〈大和〉を置くのは、砲戦のためだ。重巡は水雷攻撃のためである。二隻の主力艦を四隻の重巡が狙うのだ。

状況がおおむね分かったところで、小沢司令長官は〈大和〉を含む五隻からの水偵の発進で、敵を囲むような方向で接近するように命じた。こちらの主力がどこにいるのか把握させないためだ。

『敵艦隊が針路を変更した模様です』

電探室から報告がある。やはり東洋艦隊は、こちら側の水偵の動きを電探により発見したらしい。

ただ距離があるのと、視界が悪いためか、東洋艦隊の側から積極的な攻撃の動きはない。また東洋艦隊は、針路変更を一度は行ったもの、四方から水偵が接近してくる状況に、そのまま針路をシンガポールに戻した。

そして再び電探室より報告が入る。

『敵艦隊が電探を停止しました』

「電探を止めたというのか？」

『はい、電波が確認できません。もちろん、機械の故障とは違います』

そんなことは小沢も思っていないのに、送信機の修理ができないことが電測部長にはやはり心理的負担となっているのだろう。

それより重要なのは、東洋艦隊が電探の電波を止めたという事実だ。四方から、ほぼ同時に水偵が現れたこと——つまり東洋艦隊は、自分たちの位置が敵に把握されていると判断した。

そして、その根拠は電波送信——つまり電探にある。ただ、彼らは〈大和〉の電探の電波は傍受できないわけで、その点でどう判断しているか？

小沢司令長官は、東洋艦隊と併走しながら、次の一手を考えていた。

今ここで命じれば、攻撃は可能だ。ただ、今がその時期なのかどうか。

それは航空隊の参戦を待つかどうかという判断だ。航空隊も攻撃に加えるとなれば、現在の天候を考えると夜戦は現実的ではない。近藤艦隊を誤爆しかけたのは数時間前のことなのだ。

誤爆するような状況では、命中率にも期待できないこともあるが、小沢司令長官の懸念は、こちらが攻撃されることで、東洋艦隊に自分たちの位置が露《ろ》呈《てい》することだ。

現状では、自分たちだけが相手の位置を知っている有利な状況である。これを壊したくはない。

誤爆を避けるためには通信を密にすればよいのだが、こんな近距離で通信を密にすれば、やはり東洋艦隊に気取《けど》られるのは間違いない。

「一時間後に攻撃する」

小沢司令長官は、時計を睨みながら、そう決心した。

一時間後に夜襲をかける。万が一にもそれが失敗したとしても、夜明けはすぐなので、残敵掃討に航空隊が活用できる。

艦隊上空の水偵が、戦艦〈プリンス・オブ・ウェールズ〉と巡洋戦艦〈レパルス〉から複葉《ふくよう》の偵察機――シーフォックスが発艦したことを知らせてきたのは、その時だった。

それは周辺に日本艦隊がいるとの判断によるものらしい。しかし二機の水偵は、東洋艦隊の針路上を先行するよう扇形《おうぎがた》の領域を捜索するように飛んでいった。

索敵機の数が足りない中で効果的な索敵ができないなら、できる範囲で効果的な方法を考える。

おそらくフィリップス中将は、日本艦隊はシンガポールの手前で待ち伏せていると考えているのだろう。

それは妥当な判断だ。小沢長官自身も、そうしたことを考えないではなかった。だからシンガポールに向かいつつ、前方に索敵機を出す。

前方にいれば想定内。いなかったとすれば、次の出方の選択肢は絞られる。ともかく確実な可能性を、事実の積み上げで絞るのだ。

「攻撃準備！」

まだ最初の攻撃予定時間には早かったが、小沢司令長官は決心した。東洋艦隊から索敵機が発艦したからには、あまり悠長《ゆうちょう》なことは言ってられない。

——敵がこちらを発見する前に、こちらから攻撃しなければばなるまい。

東洋艦隊は、相変わらず電探を止めていた。そして索敵機からの報告により、東洋艦隊の陣容《じんよう》が分かった。

それは予想外に小さなものだった。戦艦〈プリンス・オブ・ウェールズ〉と巡洋戦艦〈レパルス〉の二隻は当然として、他は巡洋艦もなく、駆逐艦三隻をともなうだけだったのである。

小沢艦隊は着実に東洋艦隊との間合いを詰めていく。視界は相変わらず悪天候のために悪く、戦艦〈大和〉からは東洋艦隊の姿は見えない。

あくまでも水偵の報告だけが頼りだ。そして、この段階では戦艦〈大和〉からは一切の通信も行わず、電波を出すのは水偵のみである。

小沢艦隊と東洋艦隊の距離が、おおむね二万メートルまで接近しても、互いの姿は見えなかった。

だが、そこで水偵が次々と吊光投弾を展開し始める。それは戦艦〈大和〉の側から見て、戦艦〈プリンス・オブ・ウェールズ〉や巡洋戦艦〈レパルス〉のシルエットが浮かび上がるような位置関係であった。

したがって東洋艦隊の側からは、小沢艦隊の姿を見ることは難しい。

ここで攻撃をかけたのは、四隻の重巡であった。条件は必ずしも良好とは言い難《がた》いが、四隻の最上型重巡洋艦が、片舷六本の酸素魚雷を発射した。合計で二四本——それを二隻の主力艦に向かって放つ。

他所《よそ》の国なら、雷撃を行うには非常識な距離だ。

しかし酸素魚雷なら、この程度の射程は余裕である。ただし無誘導の魚雷ゆえに遠距離雷撃の命中率は落ちる。

条件は良くもあり、悪くもある。

好条件としては、東洋艦隊はまだ小沢艦隊の存在を知らないため、針路変更をしていないことだ。直線を一定の速度で進んでいる。これは雷撃には好都合だ。

悪条件としては、天候が悪く、波浪が高いこと。近距離なら、この程度の波浪は大きく影響はしない。魚雷にもジャイロは内蔵されており、可能な限り直進するのだ。

しかし、ジャイロがあっても誤差は生じるし、遠距離では小さな誤差も大きなズレとなって表れる。

さすがに小沢司令長官も、重巡の雷撃で東洋艦隊が壊滅するような都合のいいことは考えていない。

確率的には、それぞれの艦が放った六本の魚雷のうち、命中するのは良くて一本だ。

そして戦艦〈プリンス・オブ・ウェールズ〉にしても巡洋戦艦〈レパルス〉にしても、魚雷一本で沈むようには造られてはいないだろう。

――とはいえ、沈まないとしても、酸素魚雷を受けて無傷ということもあるまい。

「命中と同時に突入する！」

小沢司令長官は、そう隷下の部隊に光信号で指示を出す。

「やっと突入か」

主砲指揮所で猪名砲術長は、その時を待っていた。彼は戦艦〈大和〉がまだA－140と呼ばれていた時から関わってきた。

それを思うと、今は不思議な気持ちがしないではない。

あの頃は、最大射程五〇キロ以上の画期的な主砲に、アウトレンジ戦術のことばかりが話されていた。

マレー作戦で大活躍した電探にしても、もともとはアウトレンジ砲戦のための機械であった。

だがしかし、現実は戦艦〈大和〉は敵に肉薄して砲撃を行う。

――我々がやってきたことは、机上《きじょう》の空論《くうろん》だったのか？

いや、机上の空論は言い過ぎだろう。設計に際しては、装甲防御のための戦闘距離も設定しているのだ。

むしろ今、起きていることは、人間という存在の限界かもしれない。人間がどれだけ考え抜いたつもりでも、現実はそれ以上のことを要求する。

電探の運用然《しか》り、肉薄しての砲戦然り。人間にできるのは、想定外の事態に対して最善の手段は何か、それを考え、実行することだけだろう。

雷撃からほぼ一五分後、水平線の方で、何かが光った。光点は二つ。

「レパルス型に二本命中！」

水偵からの報告は、猪名砲術長のもとにも届いた。巡洋戦艦に二本の魚雷が命中し、戦艦〈プリンス・オブ・ウェールズ〉には命中せず。装甲の薄い巡洋戦艦であれば、酸素魚雷二本の命中は、かなりの痛手《いたで》になるだろう。

ならば、砲戦はまず戦艦〈プリンス・オブ・ウェールズ〉と交わすのか。

すぐに突撃の命令が下る。戦艦〈大和〉は軽巡洋艦とともに戦艦〈プリンス・オブ・ウェールズ〉を目指し、重巡洋艦四隻と駆逐艦が、再度、巡洋戦艦〈レパルス〉を狙う。

フィリップス中将は、ここで苦渋の決断をしたのだろう。彼は〈レパルス〉を東洋艦隊から切り離した。

非情といえば非情だ。しかし猪名砲術長には、その合理性も分かる。速力も落ちているだろう〈レパルス〉に艦隊が足並みを揃《そろ》えていたら、勝てる闘いも勝てなくなる。

まして自分たちは戦力的に不利だ。そして猪名は視界の悪い中で、炎上する巡洋戦艦〈レパルス〉の姿を見る。

速力は明らかに落ちている。戦艦〈プリンス・オブ・ウェールズ〉の姿ははっきりしないが、白波を立てているのが見える。それと比較して対照的だ。

〈レパルス〉は日本艦隊と戦艦〈プリンス・オブ・ウェールズ〉の間に立ちはだかるように移動し、砲撃をかけてきた。

意外なことに、巡洋戦艦〈レパルス〉は、戦艦〈大和〉ではなく重巡洋艦〈最上〉に照準を合わせていた。

視界が悪いのと、〈最上〉がもっとも肉薄しているからだろうか。彼らは、自分たちから離れていくように見える戦艦〈大和〉より、〈最上〉が新型戦艦に見えたのかもしれない。

〈レパルス〉の初弾は、錨頭も距離も誉《ほ》められたものではなかった。狙って撃ったというよりも、ともかく砲撃をかけて戦艦〈プリンス・オブ・ウェールズ〉を逃がすための時間稼ぎを目的としているのだろう。

〈最上〉も反撃するが、それは巡洋戦艦〈レパルス〉ではなく、接近してきた駆逐艦に向けられた。

駆逐艦は急激に接近してきたが、彼らが砲撃する前に〈最上〉が発砲する。こちらも照準が甘く、錨頭は良いが、距離が甘い。

しかし、接近戦で距離が近いために、錨頭が合っていれば命中界は大きかった。

このため駆逐艦には、主観的には真横から砲弾が突き刺さるように二発の二〇センチ砲弾が命中した。

この砲撃で、駆逐艦は脱落する。他の二隻は戦艦〈プリンス・オブ・ウェールズ〉と行動を共にしているので、駆逐艦の脅威は排除された。

〈最上〉はここで、まだ発射管に魚雷が残っている片舷側を巡洋戦艦〈レパルス〉に向ける。だが、その刹那《せつな》、〈レパルス〉の砲弾が艦尾《かんび》に二発命中した。

それは重巡洋艦〈最上〉に激しい火災を生じさせた。火災は魚雷発射管にも迫る。そのままでは誘爆し、艦が自沈しかねない。

そこで〈最上〉の魚雷は、〈レパルス〉に向けて捨てられた。

〈最上〉はここで後退したが、まだ重巡洋艦は三隻ある。それらは、巡洋戦艦〈レパルス〉が〈最上〉を攻撃している間に、態勢を整え、再度の雷撃を行った。

この時点でイギリス海軍は、日本海軍の酸素魚雷の存在や、巡洋艦の重雷装の意味を必ずしもよく理解していない。

だから三隻の重巡洋艦が雷撃を行った時点でさえ、自分たちが雷撃されたことに気がつかなかった。

そして〈最上〉が標的となっている間、〈レパルス〉は針路を変えなかった。

こうして〈最上〉が艦尾を炎上させながら後退すると同時に、巡洋戦艦〈レパルス〉に三本の酸素魚雷が命中した。

この雷撃が、〈レパルス〉にとっての致命傷となった。巡洋戦艦は、その瞬間に電力が途絶し、急激に傾斜し始める。

艦長が総員退艦を命じた時には、通路を歩くのも困難な状況だった。幸運だったのは、魚雷の一つが機関部を直撃し、スクリューが停止していたことだった。

さもなくば、海中に飛び込んだ将兵の多くがスクリューに巻き込まれていたことだろう。本来は雷撃を行うはずの日本海軍の駆逐艦は、漂流者の救難に当たることとなる。

一方、戦艦〈大和〉は戦艦〈プリンス・オブ・ウェールズ〉を追っていた。戦艦〈プリンス・オブ・ウェールズ〉は高速戦艦であったが、速力では〈大和〉の方が優速だった。

フィリップス中将は、最初は逃げ切るつもりでいたらしい。だが、逃げ切れないと悟ると、すぐに反撃に転じた。

日英の戦艦が互いに主砲を向けたのは、ほぼ同時であった。ただ小沢艦隊には弾着観測機があり、戦艦〈プリンス・オブ・ウェールズ〉にはない。

正確には、戦艦〈プリンス・オブ・ウェールズ〉が索敵に出した艦載機は、〈大和〉搭載の零式水上戦闘機が接近を阻止し、撃墜している。

さらに、小沢艦隊に従っている軽巡〈川内《せんだい》〉が、探照灯で戦艦〈プリンス・オブ・ウェールズ〉を照らしていた。

それは日本海軍の夜戦における襲撃方法の一つであったが、フィリップス中将にとっては、予想外の戦術だった。

軽巡は、あくまでも探照灯で戦艦〈プリンス・オブ・ウェールズ〉を照らすことに徹している。すぐにそれを阻止せんと二隻の駆逐艦が軽巡に向かい、ここで駆逐艦と軽巡の砲戦となる。

軽巡〈川内〉も被弾し、小破するが、駆逐艦の側も少なからず砲弾を受け、炎上しながら後退するよりなかった。

雷撃も行ったが、遠距離のため、それも〈川内〉には命中しない。

むしろ〈川内〉にとっての災厄《さいやく》は、戦艦〈プリンス・オブ・ウェールズ〉の副砲の猛攻だったろう。

戦艦〈プリンス・オブ・ウェールズ〉を照らし続ける軽巡洋艦〈川内〉は、格好の照準目標だったからだ。

だが猪名砲術長は、そんな軽巡〈川内〉の働きを無にしない。弾着観測機の働きと、探照灯を照射されたことで、射撃指揮装置の精度は一段と高くなる。

次弾で夾叉弾《きようさだん》（目標を挟んだ試射弾）が出て、本射にはいった。

戦艦〈プリンス・オブ・ウェールズ〉も砲撃をしかけるが、〈川内〉の探照灯は測距儀を狙っていたため、彼らの射撃精度は一気に落ちてしまう。

〈川内〉は副砲弾を浴び、それ自体が炎上していたが、発電機も主機も無事で、探照灯も生きている。

そして本射にて、戦艦〈大和〉の砲弾は戦艦〈プリンス・オブ・ウェールズ〉に二発、命中した。戦闘距離はすでの一万五〇〇〇を切っている。

そして四六センチ砲弾並みの貫通力を持つ九七式五〇口径四〇センチ砲は、戦艦〈プリンス・オブ・ウェールズ〉の装甲を貫通し、艦内で爆発した。

戦艦〈プリンス・オブ・ウェールズ〉の電気系統が、この砲撃で一時的に麻痺《まひ》した。それは射撃の中断を意味した。

戦艦〈プリンス・オブ・ウェールズ〉が反撃でき

ないわずかに時間に、さらに二発の命中、そして距離を縮めての四発の命中弾が出る。

命中弾数は八発となった。それは至近距離では、戦艦一隻を廃艦にするに十分な弾数であった。

〈大和〉の砲撃は、さらに一回の砲撃で四発の命中弾を出した時点で終わった。ほぼ水平に近い落角《らっかく》であり、戦艦〈プリンス・オブ・ウェールズ〉の艦内は、徹底的に破壊されていた。

この砲撃のどこかの段階で、フィリップス中将とその幕僚、さらには艦長も戦死していたらしい。

戦艦〈プリンス・オブ・ウェールズ〉は、退艦命令を出す者がいないまま、将兵たちは勝手に脱出するしかなかった。

〈レパルス〉が、それでも五〇〇名以上の乗員が救助されたのに対して、戦艦〈プリンス・オブ・ウェールズ〉は、指揮系統の混乱から、救助されたのは二五〇名ほどに留まったという。

攻撃が終了し、救助活動が命令された時、日付は一二月一〇日になっていた。

イギリス首相チャーチルが『史上最悪の日』と呼んだ日は、こうして始まったのだった。

『新戦艦〈大和〉 発進編』完

# あとがき

本作では戦艦〈大和〉の機密がらみのエピソードが出てきますが、実はこの話の半分は創作ではなく、実話です。私が病院勤務時代に、室蘭《むろらん》で働いていたという元技術者の患者さんから伺《うかが》った話。その内容は、体験談としてどこかで書いたかもしれませんが、だいたい以下のとおり。

その人は戦前・戦中と室蘭で働いていた。室蘭は知ってのとおり鉄鋼関連産業がいくつもある。軍艦の部品や戦車の装甲など、陸海軍の仕事を請《う》け負《お》っていた工場も少なくない。

ある時、某工場に海軍から何かの部品の発注があったという噂が地元の技術屋の間で流れた。そこは過去にも何度となく海軍の仕事を請け負っており、その部品が軍艦のものであることはすぐ分かったという。

それは軍機であり、詳細は何者にも語ってはいけないと誓約書《せいやくしょ》も書かされたという。だから、その部品が何に用いられるのかの説明も海軍からはなく、詳細は誰にも分からなかった。

しかし、地元の技術者仲間の間では、

「海軍があれだけ神経質になるのは、海軍休日が終わったからで、それなら新型軍艦であろう」

「戦艦〈長門《ながと》〉よりも大きな部品らしいから、〈長門〉より大きな戦艦」

「いまさら16 inch（四〇センチ）砲搭載艦など建造しないだろうから、新型戦艦は、いままで14 inch、16 inchときたから、次は18 inch（46センチ砲）のはずである」

「日本の造船所で建造可能な軍艦の大きさには限界があるから、頑張っても基準排水量は7万トン以下のはずだ」

「その排水量で18 inch砲を搭載するなら、〈長門〉と同じ連装4基8門が限度ではないだろうか？」

その元技術者によると、地元の技術者たちは、飲み屋などで密かにそんな議論を戦わせていたという。

ここで語られていた新戦艦とは、言うまでもなく戦艦〈大和〉のことだ。

実際の戦艦〈大和〉は18 inch砲搭載で、3連3基9門搭載で、基準排水量6万4000トン。三連砲塔の戦艦は日本海軍で大和型が初めてで、長門型戦艦の単純な拡大ではなかった。

だが重要なのは、地方都市の技術屋集団が、断片情報から推論を進めてゆけば、『海軍さんの大きな部品』レベルの情報からだけで、新型戦艦の基本スペックが割り出せてしまったということだ。

この話を伺ったのは、かれこれ二〇年以上も昔の話。

その頃は、まだ従軍経験者も多く、病院でそうした方々の話を伺うこともありました。中にはガダルカナル島の戦場から生還し、助かったと思ったのもつかの間、インパール作戦に従軍することになったという老人もいらっしゃいました。ちなみにその方によれば、インパール作戦の地獄に比べれば、ガダルカナル島はまだ耐えられたとのこと。

話を戦艦〈大和〉に戻しますと、先の証言は色々と興味深い内容を含むと思います。あくまでも先の証言が事実としての話ですが、戦艦〈大和〉の書籍はあまたあれど、このエピソードを収録したものは寡聞《かぶん》にして聞きません。

実際、この話では特別高等警察などに検挙された人物もおらず、そういう話が噂として流れていただけです。戦艦〈大和〉で機密漏洩《ろうえい》と言えば、図面焼却事件とか、業者に漏洩した話（これは先のエピソードに一部共通する部分がある）が有名ですが、それ以外のエピソードはまず耳にすることはありません。

もしかすると、戦艦〈大和〉建造という国家プロジェクトには、特高にすら知られることのなかった、こうした推論に基づく噂が、全国にいくつもあったのではないでしょうか。なぜなら戦艦〈大和〉の機密は、何が機密であるか、それさえも知る者が少ないために、取り締まる側にさえ機密漏洩（厳密には漏洩ではなく、現実と重なる推測や妄想《もうそう》）の情報であることが分からないからです。

もう一つは、機密情報が持つ、ある種の滑稽《こっけい》さ。

先のエピソードなど、『大きな部品』という、ただそれだけの情報で戦艦のスペックが導き出されました。それは偶然の要素もあるとはいえ、当局が機密にしたくとも、丹念《たんねん》な論考の積み重ねで、結論として割り出されることを示しています。
戦艦〈大和〉の性能のように、理詰めで導かれた国家機密は、それが理詰めであればあるほど、理詰めで漏れてしまう。そういう宿命を背負っているような気がするのです。

林　譲治

『ミューノベルという名前』


「ミュー」とは、Mainichiの「M」のギリシャ語読み。小文字表記は「μ」。

ギリシャ神話に登場する女神たち「ミューズ」にも、ちなみます。

「ミュージック」の語源となった古《いにしえ》の学芸の女神たちにあやかり、
時代を超えて読み継がれるエンターテインメント作品を送り出したい――そう願って、

「ミューノベル」と名づけました。（編集部）

---

μ NOVEL
ミューノベル

# 新戦艦《しんせんかん》〈大和《やまと》〉 発進編《はっしんへん》


印刷日　2015年12月5日
発行日　2015年12月20日

イラスト／天野喜孝


著　者　林《はやし》 譲治《じょうじ》

発行人　黒川昭良

発行所　毎日新聞出版
〒102-0074　東京都千代田区九段南1－6－17　千代田会館5F
営　業　本　部　03－6265－6941
図書第一編集部　03－6265－6745
http://mainichibooks.com/

印刷・製本　中央精版印刷株式会社
フォーマット・デザイン　シマダヒデアキ（ローカル・サポート・デパートメント）




ISBN978-4-620-21005-6

μ NOVEL

ミューノベル●●●

MAINICHI SHIMBUN PUBLISHING INC.

# 貴族《バンパイア》泥棒スティール

菊地秀行

イラスト／末弥 純

〈貴族〉こと吸血鬼が有する人外の宝物を盗み出す人間――〈拝借屋〉は、その仕事ぶりがことごとく〈貴族〉のプライドを破壊するものであったため、〈貴族ハンター〉以上に〈貴族〉を激怒させる存在だった。そしてついに〈貴族〉の歴史上はじめて、“お尋ね者”として指名手配された男が現れた。それが〈拝借屋〉スティールなのである！

ミューノベル●●●

NOVEL

MAINICHI SHIMBUN PUBLISHING INC.